DESCOBRINDO OS CLÁSSICOS

A MORENINHA 2: A MISSÃO

IVAN JAF

editora ática

A moreninha 2: a missão
© Ivan Jaf, 2007

Editora-chefe	Claudia Morales
Editor	Fabricio Waltrick
Editora assistente	Emílio Satoshi Hamaya
Seção "Outros olhares"	Juliana de Souza Topan
Coordenadora de revisão	Ivany Picasso Batista
Preparador	Agnaldo Holanda
Revisoras	Nancy H. Dias
	Cátia de Almeida

ARTE
Editor	Antonio Paulos
Ilustrações	Cesar Lobo
Diagramadora	Thatiana Kalaes
Editoração eletrônica	Studio 3
Pesquisa iconográfica	Sílvio Kligin (coord.)
	Josiane Laurentino
	Juliana de Souza Topan

CIP-BRASIL. CATALOGAÇÃO NA FONTE
SINDICATO NACIONAL DOS EDITORES DE LIVROS, RJ

J22m

Jaf, Ivan, 1957-
 A moreninha 2 : a missão / Ivan Jaf ; ilustrações Cesar Lobo. –
1. ed. – São Paulo : Ática, 2008.
  96p. : il. - (Descobrindo os Clássicos)

 Contém suplemento e apêndice
 ISBN 978-85-08-11894-6

 1. Novela juvenil brasileira. I. Lobo, Cesar. II. Título. III. Série.

08-1939.   CDD: 028.5
                                            CDU: 087.5

ISBN 978 85 08 11894-6 (aluno)
ISBN 978 85 08 11895-3 (professor)

2017
1ª edição
12ª impressão
Impressão e acabamento: Edições Loyola

Todos os direitos reservados pela Editora Ática, 2008
Av. Otaviano Alves de Lima, 4400 – CEP 02909-900 – São Paulo, SP
Atendimento ao cliente: 4003-3061 – atendimento@atica.com.br
www.atica.com.br

IMPORTANTE: Ao comprar um livro, você remunera e reconhece o trabalho do autor e o de muitos outros profissionais envolvidos na produção editorial e na comercialização das obras: editores, revisores, diagramadores, ilustradores, gráficos, divulgadores, distribuidores, livreiros, entre outros. Ajude-nos a combater a cópia ilegal! Ela gera desemprego, prejudica a difusão da cultura e encarece os livros que você compra.

NEM TUDO MUDA, NEM TUDO PASSA...

Murilo, Rodrigo, Zacarias e Diogo são estudantes de Letras e moram numa república. Têm pouca grana e muita disposição. E como todos os estudantes, de todas as épocas, querem, além de adquirir conhecimento, aproveitar a vida, se divertir, conhecer pessoas interessantes...

Todos os rapazes da república invejam Diogo, o mais novo, o calouro, o que faz o maior sucesso com a mulherada. Dizem que ele é um safado que fica com várias garotas ao mesmo tempo. Um verdadeiro galinha! Diogo se defende dizendo que não, que na verdade é um romântico – avesso às regras, adepto do amor sem limites, do amor em si, a todas as mulheres (a todas as mulheres em geral e a nenhuma em particular).

Um fato aparentemente banal leva Diogo a repensar suas convicções. Murilo convida a todos para um fim de semana na Ilha de Guaratiba, onde haverá um churrasco, na casa da avó, e uma *rave*. Todos ficam emocionados com a possibilidade de comer (e muito!) uma refeição decente, para dar uma variada no macarrão com salsicha de todos os dias. E ficam mais empolgados ainda ao saberem da presença das gatíssimas Verinha (irmã de Murilo), Maria, Priscila (primas do colega), Flávia e Lídia (amigas da irmã). Murilo aposta com Diogo que ele voltará apaixonado por uma delas. Se isso acontecer, ele terá de escrever um livro admitindo a fidelidade e renegando sua filosofia da galinhagem.

Uma república de estudantes, um churrasco de fim de semana, uma *rave* – cenas tão contemporâneas! Mas Diogo, que está fazendo um trabalho sobre o romantismo para a faculdade, começa a ler *A moreninha*, e fica surpreso com as semelhanças entre o cotidiano dessa época e o da atual, quando o assunto é diversão. No livro de Joaquim Manuel de Macedo, os estudantes de Medicina Filipe, Fabrício, Leopoldo e Augusto moram numa república e discutem sobre a inconstância de Augusto com as mulheres. E Filipe os convida para um fim de semana na casa de sua avó, numa ilha paradisíaca, onde haverá um sarau e também belas donzelas, apostando com Augusto que ele voltará de lá apaixonado por alguma moça...

Não só essa coincidência, mas muitas outras vão sendo percebidas por Diogo ao longo desse fim de semana cheio de surpresas e pequenos mistérios. Acompanhe a divertida e emocionante história desses dois reis da galinhagem e comprove que existem mais semelhanças entre os jovens do século XIX e os do século XXI do que se pode imaginar. Afinal, o tempo passa e as coisas mudam, mas não mudam tanto assim...

Os editores

Os trechos de *A moreninha* foram extraídos da edição publicada pela Ática na série Bom Livro (34ª edição, 11ª impressão).
O autor agradece a colaboração de Gabriel Barreira, por ter revisado os originais e atualizado as gírias usadas na narrativa.

SUMÁRIO

1. Digam ao povo que fico 9
2. O macarrão com salsicha e a quinta dimensão 18
3. "Poetas em tempo de prosa" (Almeida Garrett) 30
4. Peteca é como empada 38
5. O futuro encravado no passado 45
6. Robin teria ciúmes 54
7. "Os sentidos brigam com a alma" (Almeida Garrett).. 65
8. "Amar é preferir alguém a todos os outros" (Almeida Garrett) 74

   Epílogo 84

Outros olhares sobre *A moreninha* 89

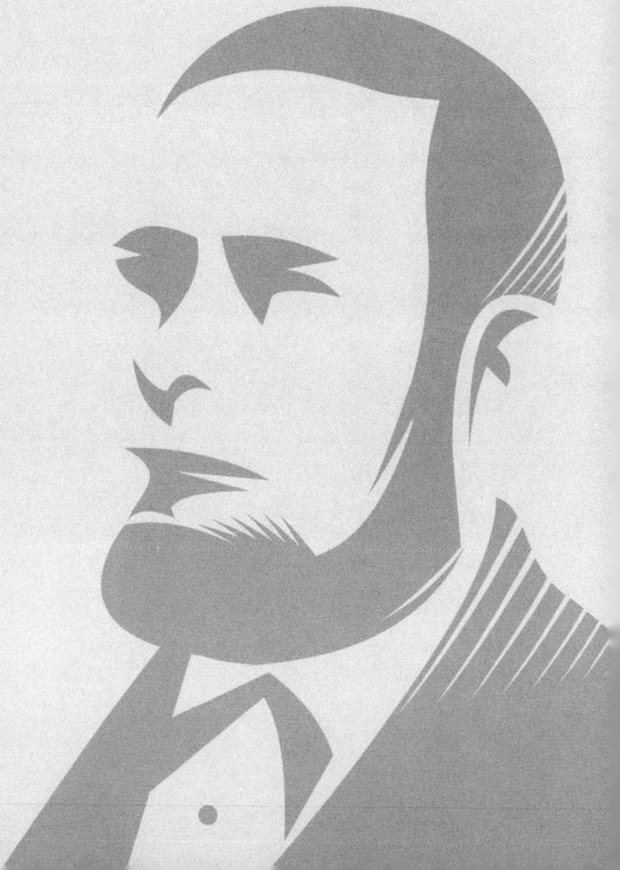

· 1 ·
Digam ao povo que fico

— Para tudo! Atenção! Comunicado oficial! O Murilão iiiiinfooormaaa! Em edição especial! Festa no sábado! Festa no sábado!

— Cala a boca, Murilo — resmungou Diogo. — Não tá vendo que eu tô estudando?

— E eu tô tentando dormir! — gritou Zacarias, do alto do beliche no fundo da sala.

— Peraí, galera — disse Rodrigo, mexendo o macarrão com salsicha que fervia no fogão. — Que parada é essa de festa no sábado?

Eram quatro estudantes. Cursavam Letras na Universidade Estadual do Rio de Janeiro, perto do Maracanã. Dividiam um apartamento de quarto e sala na rua São Francisco Xavier.

Murilo tinha 22 anos. Era o dono do apartamento e o mais velho do grupo. O quarto era dele. No primeiro ano da universidade, depois que seus pais haviam morrido num acidente de carro, para conseguir sobreviver e continuar estudando começou a alugar a sala, para Rodrigo. No ano seguinte, as despesas aumentaram, e ele alugou a sala para mais um, Zacarias, o Zaca. Agora, no quarto e último ano, chegara Diogo.

— Ainda bem que você não estuda Medicina — certo dia Rodrigo reclamou. — Com seis anos de faculdade, a gente não ia poder nem andar neste apartamento.

A UERJ é uma universidade pública, em que se entra por concurso e merecimento, por isso ali aparecem estudantes de todas as classes e lugares. A cada novo ano surge uma rapaziada idealista, empolgada, feliz pela perspectiva de estudar de graça, de sair dali com um diploma de nível superior... Mas a maioria vive mais dura do que beirada de sino, só com o dinheiro da passagem no bolso. Alguns não têm nem onde dormir. Vêm de outras cidades, com a cara, a coragem e uma mesada magra dos pais, e a primeira providência é pregar um aviso desesperado no quadro de cortiça da portaria procurando vaga em algum apartamento.

Era assim que Murilo conseguia seus inquilinos. E, como havia trazido um por ano para sua sala, havia naquela república um representante de cada ano letivo de Letras: Murilo, no quarto; Rodrigo, terceiro; Zaca, segundo; e o calouro Diogo, que no momento estudava para as provas do final do primeiro semestre.

Dos três, Diogo era o único que Murilo já conhecia. Vinham da mesma cidade, Friburgo, no interior do Estado do Rio de Janeiro. Diogo era três anos mais novo.

— Não me fala em festa, cara! — disse ele. — Tenho de ler *Viagens na minha terra*, do Almeida Garrett, e fazer um ensaio de vinte páginas!

— Almeida Garrett... — Rodrigo balançou a cabeça e continuou a mexer o macarrão para não grudar. — É por isso que a gente não pega mulher. Se eu estudasse Comunicação, ou Educação Física... Mas como é que se enfia Almeida Garrett numa chegada hoje em dia?

— Mulher! Mulher! — voltou a gritar Murilo, dessa vez do banheiro. — É disso que eu tô falando, seus animais!

— Você falou em festa — Zaca já estava sentado, balançando as pernas no alto do beliche, coçando a cueca.

— E festa é o quê? — Murilo chegou na sala, fechando a braguilha. — Você acha que eu vou numa festa pra dançar? Ou fazer um estudo sobre o comportamento jovem?

— Eu sempre saio liso das festas. Nunca pego ninguém — resmungou Rodrigo.

— O motivo tá na cara. Tu é feio pra caramba!

— Ô, Murilo... não fala assim do cara... Ele não tem culpa de ser feio desse jeito — e Zaca jogou um travesseiro em Rodrigo, quase acertando a panela.

— Sério, pessoal... — reclamou Diogo. — Eu tenho que estudar. Tenho prova na...

Não terminou a frase. Murilo arrancou o livro de sua mão. Zaca levou a caneta e Rodrigo empurrou a cadeira de rodinhas até a porta do banheiro.

— Silêêêêncio! — Murilo começou a gritar de novo. — Comunicaaaaado oficiaaaal! Festa no sábado!

— Deixa de babaquice — Rodrigo voltou ao macarrão. — Fala logo onde é.

— Ilha de Guaratiba!

— É longe à vera! — disse Zaca. — A gente não tem grana pra passagem! Ninguém tem carro!

— É fim de mês. Eu não tenho nem pro caldo de cana. Tô comendo pastel a seco — declarou Rodrigo.

— Dá pra calar a boca? — Murilo tirou o tênis, empestando o ambiente. — Minha avó mora na Ilha de Guaratiba, com a minha irmã. É um sítio grande, tem piscina, uma porção de quartos. É aniversário da velha. Ela vai fazer um churrasco no sábado.

— Festa de família não tem mulher — resmungou Rodrigo.

— Mas tem churrasco! — lembrou Zaca. — Eu quero! Eu quero! Preciso de proteína animal! Preciso de carne! Eu vou! Eu vou!

– Deixa eu terminar de falar! A festa não é o churrasco. Minha avó vai fazer o churrasco, mas lá perto, em outro sítio, vai rolar uma *rave*! Tá ligado?

– Churrasco e *rave*? – Rodrigo abriu um sorriso enorme. – Isso é um sonho dourado.

– E a grana? – tornou a lembrar Zaca. – Vamos pra Ilha de Guaratiba a pé?

– Por falar nisso, onde fica essa Ilha de Guaratiba? – perguntou Diogo, que ainda não conhecia muito bem o Rio de Janeiro.

– É na Zona Oeste – explicou Zaca. – Depois da Barra da Tijuca, depois do Recreio dos Bandeirantes... passa o morro da Grota Funda e vira à direita.

– Um pouco antes do fim do mundo – Rodrigo mastigou uma salsicha. – Hoje é terça. Se a gente for a pé, é melhor sair já.

– Não sei pra que tô convidando uma cambada de pregos que nem vocês! Tem umas Kombis piratas pra Ilha de Guaratiba que saem da Central do Brasil... A passagem custa sete reais. Ida e volta, catorze. Se a gente não conseguir juntar catorze reais até sábado, é melhor desistir de viver.

– Vou cortar o lanche! – disse Zaca.

– Vou cortar o lanche e o almoço! – apoiou Rodrigo. – No churrasco eu recupero!

– Bom... – concluiu Murilo – pra quem estiver vivo no sábado, saímos daqui de manhã bem cedo. Vamos dormir na casa da minha avó, e voltar no domingo à noite. Boca-livre! Café da manhã incluído! Tem que levar só toalha e escova de dente!

Rodrigo e Zaca começaram a pular abraçados pela sala.

– E no churrasco – lembrou de perguntar Rodrigo –, quem vai?

– Uns amigos da minha avó. E minha tia, com duas filhas...

– E suas primas... com todo respeito... que idade têm?

– Dezesseis e dezessete. Priscila e Maria. Para com essa cara de tarado, Zaca. É, são umas gatas. E gente boa. O Rodrigo conhece uma delas.

– É. Conheço.

– A Maria apareceu mês passado pra tomar um chope depois da aula. Eu apresentei ela pro Rodrigo e rolou um clima. Os dois tão saindo. Não é, cara?

– É.

– E não falou nada pra gente? – Zaca foi até o fogão e o cutucou.

– Pra quê? Pra vocês ficarem me zoando?

– Pô, a gente gosta de saber da vida sexual dos amigos... é a única alegria deste apartamento...

– Para com isso.

– Olha o respeito. É isso. Minhas primas vão, e umas amigas delas também.

– E a tua irmã?

– Que que tem?

– Você nunca fala dela, Murilo.

– Falar o quê, Rodrigo?

– Que idade tem?

– Dezesseis.

– Hummm...

– Com irmã não se brinca, *brother*.

– Qual o nome dela?

– Vera. Aí, pode parar! Chega de caô. Vim só tomar um banho e já vou partir.

– Então fala da outra prima... a Priscila – pediu Zaca.

– É a mais nova. Loura, olhos azuis... dezesseis aninhos...

– Para... Para...

– Você é velho pra ela, Zaca. A Priscila combina mais com o Diogo.

– Eu combino com todas, Murilo.

– Olha só o franguinho... abusado!

Os três riram. Porém, na verdade, de todos eles, Diogo era o mais bonito, o mais atirado com as meninas, o que sempre se dava bem nas festas, o que ficava com cinco, seis garotas numa única noite.

Eles o invejavam. E não descobriam seu segredo. O que fazia as mulheres ficarem loucas por Diogo? O cabelo escuro, encaracolado, caindo sobre a testa e as orelhas? Os olhos verdes? O sorriso cínico? O jeito de parecer estar sempre à vontade no mundo? A aparente ingenuidade de garoto do interior? O fato de ser mais jovem, mais chegado à geração que fica?

Era irritante ver Diogo nas reuniões, nas festas, e até numa mesa de bar, simplesmente virar para o lado e começar a beijar uma menina na boca, na frente de todo mundo, como se fosse a coisa mais fácil, como pegar a lata de azeite. Garotas que ele tinha acabado de conhecer. Era como se as meninas e suas bocas estivessem no mundo para serem beijadas: ele só decidia o momento. Nunca errava. De repente, virava o rosto na direção certa, no momento exato, olhava a menina nos olhos, e pronto. Ficava. Ficava na praia, ficava nos cantos das festas, ficava nas mesas de bar, ficava no pátio da escola, ficava no banco do ônibus, ficava nas cadeiras do Maracanã, ficou até no velório do professor de epistemologia, com uma amiga da filha do morto, a quem foi consolar na janela.

Era assustador. Como D. Pedro I, Diogo podia gritar: Diga ao povo que fico!

Essa incrível capacidade de ganhar uma menina dava a Diogo uma autoestima que exasperava os outros três, que ainda por cima eram mais velhos. A autoconfiança daquele calouro, em matéria de ficar, era um incômodo insuportável para eles.

Sabiam, tinham certeza de que num churrasco, seguido de uma *rave*, Diogo ficaria com várias meninas.

– A Priscila é uma gata. Mas não dá mole, não. Com ela o Diogo não se cria – continuou Murilo, sem muita convicção.

Diogo apenas sorriu.

– Tu deixa de ser safado, maluco! É minha prima!

– Calma, Murilão. Eu não disse nada.

– Esse sujeito é um libertino, um devasso... – riu Zaca. – Eu não o levaria para o seio da minha família, Murilo.

– Não sou libertino. Sou romântico. É isso que estou estudando agora. O romantismo.

– Tu é safado – repetiu Murilo.

– Sou um incompreendido... O romântico é um sujeito individualista e lírico, em que a sensibilidade e a imaginação predominam sobre a razão. Para nós, a conquista é uma recompensa pela nossa dedicação ao amor – e ele apontou para a página do livro que estava estudando.

– Romântico e pilantra é a mesma coisa – riu Rodrigo. – Pra alcançar o tal sucesso amoroso, o canalha não diz o que sente, não sente o que diz e, pior, diz o que não sente.

– E que papo de amor é esse, cara, se você fica com uma porção de meninas numa noite só? Grande romantismo o teu!

– Mas eu amo todas elas, Murilo. Uma de cada vez. Cada vez que estou beijando uma menina estou amando profundamente. Mas isso não me impede de ficar com outra meia hora depois, e amar do mesmo jeito. Uma não tem nada a ver com a outra.

– Porque, na verdade, você não ama nenhuma!

– Mas não pode também ser o contrário, cara? Eu amar todas?

– Você não sabe o que é o amor! Você engana as meninas!

– Peraí, Murilo... Eu posso até concordar que amar todas é não amar nenhuma. Mas enganar, não engano.

– Como não?

– Eu digo a elas! Sou franco! Eu nunca jurei amor eterno a uma garota! Ninguém pode me acusar disso! Falo na cara delas que sou inconstante, que não acredito na fidelidade, que não sou homem de ter uma mulher só.

– Você não engana. Você desengana – riu Zaca.

– E elas ficam comigo assim mesmo.

– E você é feliz na sua inconstância?

– Muito, Rodrigo. Não é ótimo se apaixonar oito vezes numa festa? Por que vou me ocupar de uma menina mais de meia hora? O máximo que fiquei com uma garota foram duas semanas.

– E ainda diz que é romântico. Você não sabe o que é o amor. Nunca sentiu. Nunca...

– Ô, Murilão, isso vai acabar virando letra de bossa nova. Sai dessa.

– Se você soubesse o que é o amor, não dizia essas bobagens.

– Ah, é? Então me explica. O que é o amor? É ficar ligando pro mesmo celular todo dia? É andar na rua sem poder olhar pros lados? É explicar pra onde vai, com quem foi, como chegou, como voltou, o que tá fazendo?

– Se você ama alguém, isso não é sacrifício.

– Tô fora.

– Você já deve ter deixado muita menina bolada.

– Tô nem aí, cara.

– Se elas se acham inesquecíveis, o problema é da vaidade delas, não é? – disse Rodrigo.

– Boa, cara. Essa eu vou usar.

– Diogo, o dia em que você se apaixonar por uma menina...

– Não vou me apaixonar nunca.

– Quer apostar?

– O quê?

– Sei lá... Olha... você vai passar o fim de semana todo com as minhas primas... Eu estou com uma intuição de que você e a Priscila... Quer apostar que você vai se apaixonar por ela?

– Já estou apaixonado. Loura, olhos azuis, 16 anos... E o primo ainda botando pilha.

– Mas não vai ser só ficar, Diogo. É isso que eu tô apostando. Você vai querer namorar ela. Vai se apaixonar. Vai querer ficar só com ela.

– Esse perigo eu não corro.

– Aposta?

– Aposto. O quê? Um engradado de cerveja? Uma semana de almoço grátis? Um *kit* com três cuecas novas? Tô precisando.

– Não. Alguma coisa mais... um livro.

– Um livro?

– Se você sair desse fim de semana apaixonado, fiel, amando só uma menina... vai ser obrigado a escrever isso... a história da tua derrota.

– Mas e se eu ganhar a aposta? E se eu ficar com a tua prima, e com mais umas dez, que é que vai acontecer?

– Então eu escrevo o romance da tua vitória.

– Preferia as cuecas, mas tá limpo.

– Já é. Tá apostado.

· 2 ·

O macarrão com salsicha e a quinta dimensão

Murilo tomou banho e arrumou-se para ir a um grupo de estudos sobre os contos de Machado de Assis. Zaca, que desistiu de dormir, resolveu ir com ele. Diogo, sem concentração para estudar, aceitou um prato de macarrão com salsicha e sentou-se à mesa com Rodrigo.

O apartamento tinha uma dessas cozinhas abertas, dando para a sala. Não por ser moderno, mas porque o pedreiro havia quebrado parte da parede para trocar um cano e Murilo descobriu ser mais barato continuar quebrando do que tapar o buraco.

– Você não sabe fazer nada diferente de macarrão com salsicha? – perguntou Diogo.

– Tá reclamando? – Rodrigo falou com a boca cheia.

– Salsicha não é legal.

– Escreve isso numa camiseta.

– Conhece a frase "Salsicha e política: é melhor não se saber como são feitas"?

– Come aí e fica na moral.

– Já ouviu falar em manjericão? Alho?

– Frescura. Aí, Diogo... vou aproveitar que os dois saíram pra te pedir um favor.

– Fala.

– Agora que você ficou sabendo... eu tinha pedido pro Murilo não contar pra ninguém... da minha parada com a prima dele, a Maria. Eu queria aproveitar esse fim de semana que nós vamos ficar todos juntos pra fazer uma coisa...

– Você ainda não *fez*?

– Não é isso que você tá pensando... Tá, não *fiz* não... e acho que nem quero fazer! A Maria é chata à vera! Quero acabar com a parada!

– Por quê?

– Ela gruda, *brother*! Quer me encoleirar! A gente só trocou uns amassos e ela já me exige um monte de coisas! É louca! Histérica!

– Calma, Rodrigo. Diz aí... o que ela faz?

– Eu tenho que passar na frente do prédio dela todo dia, às seis da tarde... tocar o interfone e mandar um beijo... depois, acenar da calçada. Devo ligar no mínimo três vezes por dia pro celular dela... mesmo a cobrar. Isso é um porre. E é "no mínimo". Ela me liga várias vezes... pra dizer que pensou em mim quando viu dois passarinhos, um casal comendo pizza, o cartaz de um filme, a foto de uma praia no calendário do dentista... Louca! Obsessiva! Quer ir ao cinema toda sexta! Quer receber bilhetinhos! Quer ser chamada de "amor", "gata", "lindinha"! Quando eu esqueço, fica triste! E é ciumenta, a infeliz! Depois que saio com ela, tenho de fazer massagem no pescoço, de tanto que ele fica duro! Não posso virar a cabeça que ela já pensa que tô olhando pra outra! A maluca segue o meu olhar, cara! Isso tá me deixando doido!

Diogo balançou a cabeça, sério. Rodrigo continuou:

– Não pode ver um bebê na rua que fica me olhando com ar apaixonado... imaginando casar, encher a casa de crianças. Me proibiu de fumar. No segundo chope, começa a me regular.

Implica quando eu como fritura. É contra carne vermelha. Ela quer o quê? Que eu coma carne preta, amarela, azul?
— Esse tipo de mulher faz um mal sinistro à saúde.
— E não faz? Antigamente eu adorava pastel, comia pastel toda hora, me sentia ótimo. Hoje como pastel culpado, escondido dela, e logo sinto azia.
— Comer pastel culpado é um perigo.
— Ela quer me mudar por dentro e por fora! Diz como quer que eu corte o cabelo, critica minhas roupas, manda enfiar a camiseta pra dentro da calça, me faz raspar a barba todos os dias, diz que espeta, me compra desodorante, aponta sujeira atrás da minha orelha, me mandou comprar um tênis novo, avisa que minha calça tá arrastando no chão! Eu não aguento mais! Tô me sentindo mal em ser eu, entende? Ela quer que eu seja outra pessoa, e ao mesmo tempo quer ficar comigo...
— E ainda fazem planos pro futuro, pra quando a gente ficar como elas querem... É dessas coisas que eu fujo, sacou, Rodrigo? Por isso eu não me ligo em mulher nenhuma. Amo a mulher em geral, mas nenhuma em particular.
— Tô sabendo... Essa Maria tá até me fazendo concordar com algumas das tuas opiniões. Você diz que é romântico... um romântico bem 171... mas eu te entendo, Diogo. Só que eu sou clássico. Sou tradicional. Sou antigo. Sou simples. Não gosto de excessos. Uma namorada pra mim é uma necessidade, como usar um guarda-chuva quando chove, sabe qual é? Não quero complicação. Antes da Maria, eu tinha umas regras: gostava de meninas calmas, simples, que a gente encontra, beija, não fala muito, não faz balanço da relação, às vezes transa e depois não rola clima estranho... Não gostava de menina com grana, para não ficar gastando em bobagem, exigências bestas, restaurantes caros, presentes... Uma vez namorei uma menina ideal... não era feia, mas também não era bonita de chamar

a atenção de todos os homens na rua; classe média baixa, calada, nunca me pedia nada, podia passar a noite num banco de praça sem reclamar... nós terminamos porque a família dela foi pro Maranhão. O que eu mais gostava na relação eram as empadas.

– Empadas?

– A mãe dela fazia empadas pra fora, pra reforçar o orçamento. Então, quando a gente se encontrava, ela sempre trazia empadas. Empadas maravilhosas. Quando eu lembro daquela menina, fico com água na boca. Bons tempos. É uma mulher assim que eu quero, entende? Que me dê empadas. Só isso.

– Tudo bem. Você pertence ao classicismo e eu ao romantismo. Mas qual é o favor que você quer me pedir?

– Preciso me livrar da Maria.

– Tá. E eu com isso?

– Mas eu não quero atrito com o Murilo. Ela é prima do cara. Não posso queimar o meu filme com ele. É meu *brother*. E vou morar onde? Não quero terminar mal com ela. Não posso sumir, nem discutir feio, nem pegar pesado... Mas ela tá me deixando maluco, e eu vou acabar explodindo! Aí o Murilo vai ficar do lado dela, com certeza.

– Mas o que é que você quer que eu faça?

– O que eu vou te pedir é estranho. Eu pensei muito... o melhor é que eu tivesse um motivo pra me separar dela, tá ligado? Um motivo forte, que até o Murilo concordasse. Alguma coisa que ela fizesse e me deixasse bolado, e com razão.

– Você quer botar a culpa nela.

– Isso. Isso.

– E onde é que eu entro?

– Pô, Diogo! Tu é *o* cara! Não tem mulher que te escape. Eu nem sei qual é o teu segredo, mas você é o bicho!

– Tá me pedindo o que, exatamente?

— Nesse fim de semana, meu irmãozinho, faz um favor aqui pro seu amigo: fica com a Maria.

— Tá maluco?

— Dá um beijo na boca dela.

— Que isso, cara?

— Ela não vai resistir a você. Nenhuma resiste. Fica com ela, no churrasco, ou na *rave*. Aí eu chego, dou o flagra, finjo que fiquei arrasado e pronto, acabou! O Murilo fica do meu lado. Quem queima o filme é ela.

— Para com isso.

— Qual é? Você ajuda um amigo e ainda se dá bem com uma gata maravilhosa! Tá reclamando de quê?

— Mas isso é uma sacanagem com a menina!

— Pô, Diogo, vai ter escrúpulo justo quando eu preciso de um favor teu? Não é você que diz: "Se fizer xixi sentado e não for sapo, tô pegando"? Não, não me responde agora. No fim de semana você decide. Vê primeiro a Maria... morena, cabelo curtinho, olhos grandes, uma boca... um corpão! Princesa. Só um beijo na boca, cara. Vai ser só mais uma. Você vai ficar com outras na *rave*. Não, não fala mais nada agora. Nem conta nada disso pra ninguém. Fica só entre nós. O Murilo não pode saber, de jeito nenhum. Deixa rolar até sábado. Mas, até lá, pensa no assunto. Promete?

Diogo balançou a cabeça, enfiou uma porção de macarrão com salsicha na boca, mastigou, engoliu, e afinal...

— Prometo.

* * *

No dia seguinte, quarta, Diogo se tocou de que tinha pouco tempo para ler as 439 páginas da sua edição do *Viagens na minha terra*, de Almeida Garrett. Não ia levar aquele tijolo para o churrasco. Resolveu matar aula e ficar lendo o dia todo. Antes, navegou na internet, para pesquisar um pouco sobre o tal Almeida Garrett:

"... um escritor do século XIX, um dos mais representativos do romantismo de Portugal. *Viagens na minha terra*, publicado em 1846, foi uma obra revolucionária, com um estilo livre, cheio de digressões, críticas sociais, sátiras e experimentalismos de linguagem, muito diferente dos textos da época, e que inaugurou o romance moderno em Portugal".

No *site*, comparavam o Almeida Garrett de *Viagens na minha terra* ao Laurence Sterne do *Tristram Shandy*, ao Machado de Assis de *Dom Casmurro* e ao Joaquim Manuel de Macedo de *Memórias do sobrinho de meu tio*. Em relação a este último, dizia o artigo, até o assunto era parecido: o narrador faz uma viagem pelo seu país, meio ao acaso, comentando o que vê, como se estivesse numa mesa de bar com os amigos.

Diogo ficou curioso, e resolveu pesquisar um pouco sobre Joaquim Manuel de Macedo. No ensaio que teria de fazer, a respeito de Almeida Garrett, seria bom comparar o autor português com um brasileiro do mesmo período, ainda mais quando suas obras tinham tantos pontos em comum.

Ele não sabia quase nada sobre Joaquim Manuel de Macedo. Descobriu que ele havia nascido em Itaboraí, em 1820. Itaboraí é um município do interior do Estado do Rio de Janeiro, e Diogo passava por ele quando ia para sua cidade, Friburgo. Macedo tinha sido médico, professor, historiador, poeta, dramaturgo, romancista e político. Foi um escritor muito lido na primeira metade do século XIX. Pelo menos entre os 20% da população branca que sabia ler... Hoje é considerado um dos fundadores da nossa literatura.

Em sua época, o Brasil deixara recentemente a condição de colônia. Estava já independente de Portugal desde 1822, mas era ainda um Império mambembe, uma nação que engatinhava atrás de uma identidade. Machado de Assis procurara entender os brasileiros por dentro, psicologicamente; José de Alencar ia atrás deles nas florestas, com suas tramas aventurescas; Macedo descrevia os costumes da burguesia ascendente em romances simples, bem-humorados, escritos em folhetins nos jornais, acompanhados pelo público como as novelas de tevê de hoje em dia.

Diogo leu em um *site* que seu romance de maior sucesso, e que se tornou um clássico, editado até hoje, era *A moreninha*. Curioso, leu um pequeno resumo da obra:

"... dois estudantes fazem uma aposta: se um deles, que se vangloria de ser inconstante no amor, voltar apaixonado de um fim de semana em Paquetá, terá de escrever um livro sobre essa paixão..."

Assustou-se.

Aquela era uma coincidência incrível!

Justo no dia anterior havia aceitado uma aposta igual.

Correu para o quarto de Murilo. No meio daquela bagunça de papéis, cuecas sujas, meias fedidas, roupas amarrotadas, lençóis encardidos, havia uma larga estante, com preciosidades. Tinha um exemplar de *A moreninha* ali. Procurou, procurou, revirou tudo, tornou a procurar... não encontrou. Achou estranho.

Voltou à internet. Aquela era uma coincidência muito interessante. Queria saber mais sobre o livro do Macedo, para contar a história aos amigos quando chegassem das aulas. Conseguiu fazer um *download* de um bom resumo, e dos primeiros capítulos:

"... quatro estudantes de medicina vão passar o fim de semana na casa da avó de um deles, numa ilha no meio da Baía de Guanabara. Augusto, o que propaga as vantagens da inconstância no amor, aposta que não irá se apaixonar pela prima de seu colega Filipe, neto da dona da casa..."

Ficou estarrecido. Aquilo já era demais. Muita coincidência. Quatro amigos! Estudantes! Casa da avó! Prima! Aposta!

Começou a ler o primeiro capítulo, em que Filipe chega gritando:

> – *Bravo! exclamou Filipe, entrando e despindo a casaca, que pendurou em um cabide velho. Bravo! (...)*
> – *Temos discurso!... atenção!... ordem!... gritaram a um tempo três vozes.*

Filipe anuncia o convite para passarem um feriado na casa de sua avó:

> – *Estou habilitado para convidá-los a vir passar a véspera e dia de Sant'Ana conosco, na ilha de...*
> – *Eu vou, disse prontamente Leopoldo.*
> – *E dois, acudiu logo Fabrício.*

O quarto amigo, Augusto, diz que não vai. Filipe o convence, falando das primas:

> – *Minhas primas vão.*
> – *Não as conheço.*
> – *São bonitas.*
> – *Que me importa?... Deixem-me. Vocês sabem o meu fraco e caem-me logo com ele: moças!... moças!... Confesso que dou o cavaco por elas, mas as moças me têm posto velho.*
> – *É porque ele não conhece tuas primas, disse Fabrício.*

Diogo ia ficando cada vez mais impressionado com as coincidências. Primas. E eram duas! Bonitas. Dezesseis e 17 anos. Joaquina e Joana. E a irmã, Carolina.

Murilo também tinha uma irmã que morava com a avó! Verinha.

O amigo que não queria ir, Augusto, acaba convencido de que é melhor passar o fim de semana cercado das primas do que dos livros. Como ele mesmo, Diogo.

Começam um papo de quem vai ficar com quem. Augusto diz que ficaria com todas. Afirma que é romântico, mas inconstante. E que diz isso na cara delas:

– *(...) Serei incorrigível, romântico ou velhaco, não digo o que sinto, não sinto o que digo, ou mesmo digo o que não sinto (...)*

Mas, aquela frase... Rodrigo dissera exatamente aquilo na noite anterior!

Augusto continua se explicando:

– *(...) sou, enfim, mau e perigoso (...) Todavia, eu a ninguém escondo os sentimentos que ainda há pouco mostrei: em toda a parte confesso que sou volúvel, inconstante e incapaz de amar três dias um mesmo objeto (...) digo a todas o como sou; e se, apesar de tal, sua vaidade é tanta que se suponham inesquecíveis, a culpa, certo que não é minha (...) vós enganais e eu desengano (...)*

"Você não engana, você desengana." Zaca falara aquilo no dia anterior!

"Se elas se acham inesquecíveis, o problema é da vaidade delas." O Rodrigo tinha dito aquela frase!

Chegou ao final do primeiro capítulo sem saber o que pensar.

Até a discussão sobre romantismo estava lá. E a aposta! Idêntica. Se Augusto voltasse da ilha apaixonado por uma das primas de Filipe, teria de escrever um livro sobre "a história da sua derrota". As mesmas palavras usadas por Murilo! Se Augusto não voltasse apaixonado, era Filipe quem teria de escrever um romance sobre "o triunfo da inconstância".

Diogo preparou um café, tentando entender o que havia acontecido, louco para que um dos três amigos chegasse para ele contar a estranha coincidência. Na certa, por uma manobra do inconsciente, eles, que certamente já haviam lido *A moreninha*, de Joaquim Manuel de Macedo, tinham, por um acaso maluco, repetido as situações do livro. Talvez tivessem sido influenciados pelos pontos em comum dos fatos: serem quatro estudantes, a avó de um deles dar uma festa no fim de semana, o neto ter duas primas e uma irmã... Só podia ser isso. Só podia...

Levou o café até o computador, roendo-se de curiosidade, sabendo que precisava parar com aquilo e atacar o tijolo do Almeida Garrett. Mas leu o segundo capítulo.

Aí foi demais.

No segundo capítulo de *A moreninha*, simplesmente um dos amigos, Fabrício, que namora uma das primas de Filipe, diz que quer se separar dela por não mais aguentar as exigências da menina:

> *(...) Devo passar por defronte de sua casa duas vezes de manhã e duas à tarde (...) Devo escrever-lhe, pelo menos, quatro cartas por semana (...) Devo tratá-la por "minha linda prima" (...) Devo ir ao teatro (...) quatro*

vezes no mês (...) quer governar os meus cabelos, as minhas barbas, a cor de meus lenços (...) ordenou-me que não fumasse charutos de Havana nem de Manilha, porque era isto falta de patriotismo.

No romance, Fabrício, então, propõe a Augusto que ele dê em cima de sua própria namorada, Joana, para que ele faça uma cena de ciúmes e escape da relação!
    Mas aquela foi exatamente a proposta absurda que o Rodrigo lhe fizera!
    Já era coincidência demais!
    Tudo que o Fabrício de Joaquim Manuel de Macedo queria era um namoro prático, realista, sem complicações. Um namoro clássico. Como Rodrigo!
    Diogo apertou a cabeça entre as mãos. Aquilo não era coincidência. Era parapsicologia. Vidas paralelas. Quinta dimensão. Além da imaginação. Acredite se quiser. Vidas passadas. Até a empada estava lá!
    Fabrício não queria saber de romantismo:

    – (...) quando as chamas se apagam, e as asas dos delírios se desfazem, o poeta não tem, como eu, nem quitutes nem empadas.

    Diogo desligou o computador. Empada já era coincidência demais.
    Tornou a vasculhar o quarto do Murilo, atrás do exemplar de *A moreninha*. Depois procurou pela sala. Olhou dentro das mochilas dos outros, nas pastas, entre os papéis. Nada. Haviam levado o livro.
    Não ia tocar no assunto.

Estavam aprontando alguma sacanagem pra cima dele. Ficaria atento. Ia pegar *A moreninha* na biblioteca e ler, pra se prevenir. Mas fingiria não saber de nada.

Lembrou que o chamavam de calouro, e sempre o ameaçavam com um trote.

Abriu, afinal, o tijolo de Almeida Garrett e procurou se concentrar na leitura.

Empada tinha sido demais!

· 3 ·

"Poetas em tempo de prosa" (Almeida Garrett)

As Kombis piratas saíam de uma rua escura e suja, atrás da estação ferroviária da Central do Brasil. Sábado, oito da manhã, os quatro embarcaram numa delas para a Ilha de Guaratiba, cada um com sua mochila surrada e a cara de sono.

Diogo não conseguira ler o livro de Almeida Garrett, e agora se arrependia de não o ter trazido, porque logo ficaram presos em um engarrafamento na avenida Presidente Vargas. Na verdade, o que ele queria mesmo era tirar *A moreninha* do fundo da mochila e reler aquele exemplar fino e gasto da biblioteca da universidade. Mas não podia fazer isso na frente dos outros três. Por ter tido a incrível sorte de descobrir o Joaquim Manuel de Macedo *mais cedo*, achava-se, apesar desse trocadilho idiota, seguro e prevenido. Sabendo da tramoia, pretendia inverter a situação, e fazer os amigos passarem um ridículo.

Encostou a testa no vidro da janela da Kombi. Do lado de fora, entre os carros parados, passavam pessoas vendendo de tudo, latas de cerveja e refrigerante, carretéis e agulhas, capas para volante, biscoitos de polvilho, amendoins torrados, jornais... Nas calçadas, sob as marquises, mendigos começavam a ser acordados e enxotados para que as lojas pudessem abrir as portas. Meninos de rua insones cheiravam cola e passavam em bandos, gingando entre os pedestres pra lá e pra cá, como um cardume de peixes sujos no aquário sem esperança da cidade grande. O sol lutava para ultrapassar os edifícios e conseguir iluminar os rostos amassados, as expressões desesperadas diante de um novo dia, os corpos que se arrastavam pesados. Aquela era a mesma cidade em que Macedo viveu?

Diogo avançara nas pesquisas sobre ele na internet. Gostava de ler críticas e biografias dos autores antes de lê-los, para encaixá-los no tempo, no espaço e nos movimentos literários. Uma das coisas que mais o atraía no estudo de literatura era compreender como o momento histórico em que vivia fazia o escritor expressar sua realidade de uma maneira, e não de outra.

O rádio da Kombi espalhava no ar um *rap* revoltado, visceral, urbano... expressão do que se passava do outro lado da janela da Kombi. O romantismo de Macedo expressava um dos aspectos do Rio de Janeiro de seu tempo.

Em *A moreninha*, Macedo criara uma trama sentimental, com intrigas ingênuas, num lugar paradisíaco.

> *(...) A ilha de... é tão pitoresca como pequena. (...) A avenida por onde iam os estudantes a divide em duas metades, das quais a que fica à esquerda de quem desembarca, está simetricamente coberta de belos arvoredos (...) A que fica à mão direita é mais notável ainda: fechada do lado do mar por uma longa fila de rochedos (...) está adornada de mil flores, sempre brilhantes e viçosas, graças à eterna primavera desta nossa boa terra (...)*

Não era o que Diogo via da janela da Kombi. Como o Rio de Janeiro de Macedo virara aquele inferno apocalíptico? Talvez ele agora compusesse um *rap*.

– Tá muito pensativo hoje, cara – Zaca o cutucou nas costelas, com força.

* * *

Três horas de viagem. Cruzaram quase toda a avenida Brasil, onde tiveram de parar por meia hora, devido a um tiroteio entre a polícia e um grupo armado. Diogo não conhecia aquela parte da cidade. A avenida Brasil poderia ser usada como cenário para um filme de guerra. Depois atravessaram alguns bairros da Zona Oeste, dando voltas intermináveis; passageiros saíam, outros entravam, e acabaram chegando ao Recreio dos Bandeirantes. De lá, subiram e desceram a Serra da Grota Funda, e viraram à direita.

O ponto final da Kombi foi numa praça suja, cercada de barracas de camelôs cobertas com plásticos azuis, cachorros magros e cheiro de fritura e urina.

Aquela era a Ilha de Guaratiba.

– Cadê a ilha? – perguntou Diogo.

– Que ilha? – Murilo esfregou o olho, acordando.

– Não é uma ilha? Tinha de ser um pedaço de terra cercado de água por todos os lados.

– Ah... não... Eles chamam isso aqui de "ilha" porque essas terras pertenciam a um inglês chamado seu William. Como o povo não sabia falar direito o nome dele, seu uiliam... uilham... acabou ficando seu Ilha, de Guaratiba.

"Também já não se fazem ilhas como no tempo de *A moreninha*", pensou Diogo, enquanto caminhava com os outros três por uma estrada de asfalto esburacado, entre casas baixas sem reboco e cheirando a esgoto.

Ele ia tenso, paranoico, esperando que a qualquer momento aprontassem alguma pra cima dele, atento a tudo que lembrasse o enredo ou os diálogos do livro de Macedo. Mas, ao mesmo tempo, precisava disfarçar. Se eles desconfiassem que ele sabia de tudo, a brincadeira acabava. Diogo queria curtir com a cara deles.

Quarenta minutos sob um sol de rachar, e afinal chegaram ao sítio da avó de Murilo. Ela se chamava dona Glória.

Um largo portão de madeira, incrustado num muro alto, não deixava ver o lado de dentro. A estrada agora era de barro, e estavam novamente perto da Serra da Grota Funda. Pela extensão do muro, dava para ver que era um sítio bem grande. Murilo tocou um sino pequeno.

O portão abriu com um rangido, e uma menina linda apareceu. Morena, olhos muito abertos, cabelos compridos encaracolados, usava um *short* curto e uma camiseta apertada. Tinha um sorriso maravilhoso, e logo se percebia que não parava quieta. Ela correu para Murilo e o abraçou.

Os outros três ficaram sonhando com um abraço daqueles, mas ela se limitou a estender a mão. Era a irmã de Murilo. Vera. A Verinha.

Na fase da vida em que eles estavam, os hormônios eram como seres autônomos, descontrolados e enlouquecidos, e agiam independentes da razão e dos bons costumes. Imediatamente uma corrente elétrica passou entre os três e a menina, e Murilo, como um isolante, abraçou a irmã e foi entrando.

Diogo, sem que ninguém percebesse, sorria por dentro.

Havia descoberto quem iria fazer o papel da Moreninha do livro do Macedo. E estava gostando. Muito.

* * *

A casa principal ficava no centro do terreno, que era de fato enorme, uns dez campos de futebol. De um lado, uma plantação de bananeiras. Do outro, um grande jardim, com uma piscina cercada por cadeiras e espreguiçadeiras brancas.

Ao fundo viam-se muitas mangueiras e o começo da reserva de árvores nativas que subia por aquele lado da serra. Entre as mangueiras, uma construção grande, de tijolos maciços, em ruína.

– Aquilo foi o que sobrou de uma antiga destilaria de cachaça – explicou Murilo. – Guaratiba era uma fazenda de cana. As terras foram loteadas. Não sobrou nada do engenho de cana-de-açúcar.

A casa da avó havia sido a sede da fazenda. Tinha uma larga varanda na frente, depois um enorme salão e, na parte de trás, oito quartos, em duas fileiras de quatro, com um comprido corredor no meio.

– Esses quartos foram adaptados da antiga senzala, onde dormiam os escravos – Murilo continuou explicando.

A cabeça de Diogo fervia. Ele havia lido, no terceiro capítulo de *A moreninha*, justamente a descrição da casa da avó de Filipe:

> (...) tem no lado direito de sua casa um pomar e no esquerdo um jardim.

Murilo indicou os quartos em que iriam dormir. Diogo ficaria com Zaca no final da ala direita, a dos "rapazes". Os dois deixaram lá as mochilas e colocaram sungas, para mergulhar na piscina. Trancado no banheiro, Diogo folheou o terceiro capítulo novamente, para lembrar o que vinha em seguida à descrição da casa. Era a apresentação dos outros personagens que iriam conviver com os estudantes naquele final de semana.

Até aí tudo parecia muito natural. Conhecer a casa, depois os convidados... Saiu do quarto, atravessou o salão e a varanda. Lá estavam eles, na beira da piscina.

A tia de Murilo era uma mulher gordinha, de uns quarenta e poucos anos, com a pele muito clara e o cabelo pintado, para esconder os fios brancos. Estava deitada numa espreguiçadeira, com o rosto coberto de pasta branca, como uma lontra pálida. O marido, a seu lado, usando uma sunga da época de Noé, sugava uma caipirinha por dois canudos brancos, parecendo um vampiro bêbado.

Os três estudantes passaram e os cumprimentaram em fila, como soldados diante de generais, antes de atacarem as filhas... as primas de Murilo... estendidas ao sol, na borda da piscina... pedaços de céu caídos na Terra!

Maria e Priscila eram lindas!

Priscila, loura, cabelos cheios e frisados, olhos azuis como a água da piscina, parecendo boiar sobre um rosto perfeito de anjo. Uma das meninas mais bonitas que Diogo já vira na vida. Ela abriu um sorriso enorme para ele. Era ela a aposta? Por ela Murilo achava que Diogo ficaria apaixonado, a ponto de namorar firme e ser fiel? As possibilidades de Diogo ter de escrever um livro eram grandes...

Maria, morena, cabelos curtos e espetados, olhos intensos, boca carnuda, um corpo... volumoso, cheio de curvas. Tinha o rosto pálido e uma expressão intelectual. Duas tatuagens e um *piercing* não deixavam dúvida quanto ao estilo alternativo. Era a namorada do Rodrigo. Os dois não deram nem um selinho quando se encontraram. Na certa, não queriam dar bandeira para os pais dela.

Diogo lembrou da descrição das primas do Filipe do livro, que acabara de ler no banheiro, e achou que estava enlouquecendo:

Ao lado da sra. d. Ana estavam duas jovens, cujos nomes se adivinharão facilmente: uma é a pálida, a outra a loira. São as primas de Filipe.

Voltou a pensar em mundos paralelos, vidas passadas... Teria ele entrado em um buraco negro e arrastado o século XXI para o tempo de Macedo? Estaria sofrendo um delírio psicodélico causado pelo macarrão com salsichas do Rodrigo? Teria lido *A moreninha* tão concentrado que voltara no tempo?

E lá estava ela. A própria. A Moreninha 2, Verinha, ainda de *short*, indo à casa e voltando, trazendo refrigerantes, latas de cerveja, pacotes de batatas fritas, saltitante entre as mesas e as cadeiras como um beija-flor no jardim. Moreninha 2...

> (...) Toda a dificuldade, porém, está em pintar aquela mocinha que acaba de sentar-se pela sexta vez (...) é a irmã de Filipe. Que beija-flor! Há cinco minutos que Augusto entrou e em tão curto espaço já ela sentou-se em diferentes cadeiras, desfolhou um lindo pendão de rosas (...) deu um beliscão em Filipe, e Augusto a surpreendeu fazendo-lhe caretas: travessa, inconsequente e às vezes engraçada (...)

Primeiro Diogo a comparou com um beija-flor, só depois lembrou que havia acabado de ler a comparação no capítulo 3. Começou a desconfiar que a leitura do livro é que o estava fazendo criar aquele mundo paralelo.

Havia outras pessoas. Um senhor com cara de gringo, sentado ao lado de uma garrafa de uísque. Duas senhoras realmente gordas, à sombra de um caramanchão, fazendo a caridade de não estar de biquíni. E mais duas meninas: Flávia e Lídia. Também bonitas, mas um pouco ofuscadas pelas primas e a irmã de Murilo. Tímidas, cumprimentaram os estudantes de longe.

Havia outros homens, mais velhos, e Diogo concordou com Macedo:

Quanto aos homens... Não vale a pena!... vamos adiante.

Pelo que leu no capítulo 3, depois seria abordado por uma velha chata que alugaria seu ouvido com um papo interminável. Melhor evitar aquilo, e Diogo sentou-se ao lado da Moreninha 2, quer dizer, Verinha, que afinal pareceu ficar quieta, mastigando batatas fritas embaixo de um guarda-sol.

Mas, antes que pudesse abrir a boca, Rodrigo o pegou pelo braço:

– Aí, Diogo, chega mais... preciso te mandar um papo.

(...) já se dispunha a travar conversação com a menina travessa, quando Fabrício se chegou a eles, e disse a Augusto:
– Tu me deves dar uma palavra.

Diogo tinha esquecido. Era assim que acabava o capítulo 3. A Moreninha se afastava para tratar do almoço. Verinha foi cuidar do churrasco.

Aquele paralelismo estava deixando Diogo doido.

Ele até já sabia o que Rodrigo/Fabrício queria conversar com ele.

Sabia, também, o que tinha de responder.

· 4 ·

Peteca é como empada

Aparentemente Rodrigo conhecia a casa. Era o inquilino mais antigo de Murilo, já devia ter sido convidado antes. Ele puxou Diogo pelo braço, deu a volta no jardim, foi em direção às mangueiras no fundo do terreno e acabou entrando na antiga destilaria de cachaça.

Fabrício tomou, pois, o braço de Augusto e ambos saíram da sala (...)

Passaram por baixo de um semidesabado arco de tijolos maciços. Havia um vão comprido, cercado de paredes em ruínas, por onde cresciam trepadeiras. Do piso repleto de terra e entulho brotavam moitas de capim e fugiam lagartos assustados. Caibros podres e cacos de telhas coloniais no chão eram o que restara do telhado.

Nos fundos do galpão, ao lado do que fora uma janela, havia um largo banco de pedra. Os dois sentaram ali.

– Aqui ninguém pode ouvir a gente – disse Rodrigo, olhando para atrás, para a mata de mangueiras.

Diogo se distraiu, lembrando que nesse momento do livro Macedo escreveu que Augusto estava morrendo de fome:

(...) Augusto começa a sentir todos os sintomas de apetite devorador. Ora, um rapaz, e principalmente um estudante com fome, aborrece-se de tudo (...)

Ele, Diogo, sentia dali o cheiro do churrasco que começavam a preparar ao lado da piscina, e queria se livrar logo de Rodrigo, que naturalmente começou a falar o que ele já esperava que falasse: sobre Maria.
– E aí, cara? Já é?
– Já é o quê? – Diogo devolveu a pergunta.
Ele decidiu também seguir o enredo de *A moreninha*. Queria ver aonde eles chegariam com aquela palhaçada. Mostrar que sabia de tudo, estragava a brincadeira. Qualquer que fosse a sacanagem que quisessem aprontar contra ele, certamente seria mais tarde.
– Então? – insistiu Rodrigo.
– Então o quê?

– Espero a tua resposta, disse Fabrício.
– Ainda não me perguntaste nada, respondeu o outro.
(...)
– E então?...
– Então o quê, homem?...

Diogo se lembrava do texto. Era tudo muito previsível.
– Tá maluco, cara?

– Tu estás doido, Fabrício.

Rodrigo olhou para ele. Teria desconfiado que o outro já sabia do trote? Diogo achou melhor não repetir as falas e atitudes de Augusto com tanta perfeição. Melhor deixar Rodrigo se sentir o dono da situação. No livro, por exemplo, naquele episódio, Augusto disse:

– *Pois então cuidas que o amor de uma senhora deva ser a peteca com que se divirtam dois estudantes?...*

Se ele, Diogo, usasse essa palavra, "peteca", Rodrigo desconfiaria. "Peteca" é muito forte... "peteca" é como "empada"...
– Não, cara – disse Diogo, secamente. – Não vou ficar com a Maria pra você se livrar dela. Isso é problema teu. Não me mete nisso.
– Qual é? Vai ter um acesso de moralidade logo agora?
Frases assim davam a Diogo a certeza de que estavam aprontando alguma com ele. No livro, a resposta de Fabrício tinha sido:

– *(...) Explica-me, por quem és, que súbito acesso de moralidade é esse que tanto te perturba.*

Só faltava ele completar...

– *Ora, isso não te custava cinco minutos de trabalho (...)*

E completou mesmo:
– Pô, Diogo, isso não ia te custar nem cinco minutos.
Nem dois nem dez minutos. Exatamente cinco. Haviam ensaiado bem.
– Você não vive dizendo que é inconstante por natureza? – continuou Rodrigo.

– *(...) tu... inconstante por índole e por sistema!*

... era o que tinha escrito Macedo.
– Para com isso – cortou Diogo. – Eu sou volúvel, mas não sou canalha. Quando fico com uma menina é porque gosto dela.
– Mas fica com oito numa noite...
– Porque gostei das oito.
– Mas a Maria é uma gata. Não gostou dela?
– É. É uma gata. Mas não tô a fim. É tua namorada. Não vou me meter nisso.
– Desenrola essa parada pra mim.
– Não.
– É guerra? Tipo Bagdá?
– Pode ser.
Diogo sabia que aquilo acabaria assim:

– Portanto... estes dois dias, guerra!
– Bravíssimo, meu Fabrício; guerra!

Rodrigo se afastou, zangado.
Diogo tirou do bolso um caderninho e uma caneta, e consultou suas anotações. Ele havia resumido os capítulos de *A moreninha* em poucas linhas, para se guiar. Agora que conhecia todos os convidados, escreveu os nomes dos personagens e a quem correspondiam na "vida real".

    Augusto = Diogo
    Filipe = Murilo
    Fabrício = Rodrigo
    Leopoldo = Zaca
    Carolina = Verinha
    Joana = Maria
    Joaquina = Priscila
    Clementina = Lídia
    Gabriela = Flávia

Ele ficou ainda no banco de pedra, entre as ruínas da destilaria de cachaça, estudando o que viria a seguir.

O churrasco.

Dariam um jeito para ele sentar entre uma das tímidas, Lídia, que não se mostraria tão tímida assim, e a prima de Murilo, Priscila, a loura gatíssima. Em frente a eles, Verinha. Lídia criaria um clima entre eles. Verinha daria uns cortes. Depois seria a vez de Priscila dar em cima de Diogo. Verinha voltaria a se intrometer, e denunciaria a todos o clima entre Diogo e Priscila, insinuando até que os dois estavam se tocando por baixo da mesa. Aí começaria a vingança de Rodrigo.

Como o Fabrício do livro, "em guerra", Rodrigo revelaria o "sistema" de Diogo:

— Venha embora o ridículo, que nem por isso poder-se-á negar que para o nosso Augusto não houve, não há, nem pode haver amor que dure mais de três dias. (...) tanto em prática como em teoria, o meu colega é e se preza de ser o protótipo da inconstância.

Todas as mulheres se voltariam contra Diogo. Até a avó de Murilo:

— É possível?!... perguntou a avó de Filipe, com seriedade.

Rodrigo, como Fabrício, continuaria batendo:

— Sim, minhas senhoras, é um jovem inconstante, acessível a todas as belezas, repudiando-as ao mesmo tempo para correr atrás de outra, que será logo deixada pela vista de uma nova (...)

Diogo, decidido a seguir o enredo de *A moreninha*, em vez de se defender, assumiria sua inconstância:

– *A minha inconstância é natural, justa e, sem dúvida, estimável. Eu vejo uma senhora bela: amo-a, não porque ela é senhora... mas porque é bela; logo, eu amo a beleza. Ora, esse atributo não foi exclusivamente dado a uma senhora, e quando o encontro em outra, fora injustiça que eu desprezasse nesta aquilo mesmo que eu tanto amei na primeira.*

É claro que as mulheres ficariam indignadas com aquele papo, mas Augusto completaria:

– *Antes que ninguém, minhas senhoras, eu repreendi o meu coração pela sua volubilidade (...) Procurei uma jovem bem encantadora para me lançar em cativeiro eterno, mas debalde o fiz (...) entendi que deveria recorrer a mim próprio para tornar-me constante. Consegui-o. Sou firme amante de um só objeto que não tem existência real, que não vive.*

Diogo sorriu. Aquele Augusto era um tremendo vaselina. É claro que as mulheres iriam querer saber que objeto ideal era aquele.

– *A todas as senhoras, resumidas num só ente ideal. À custa dos belos olhos de uma, das lindas madeixas de outra (...) formei o meu belo ideal (...) retirando-me desta ilha, eu creio que vestirei o meu belo ideal de novas formas! (...) Foi assim, minhas senhoras, que me pude tornar constante e, graças ao meu proveitoso sistema, posso amar a todas as senhoras a um tempo, sem ser infiel a nenhuma.*

Um galinha, aquele Augusto. Diogo estava começando a gostar dele. Teria de dizer mais ou menos a mesma coisa durante o churrasco. Onde aquilo iria parar?

Será que todos estavam participando da trama? Não, impossível. Talvez só as outras duas meninas, as tímidas, Lídia e Flávia. Os mais velhos não iriam se prestar a isso. Talvez apenas a avó de Murilo, dona Glória. O sítio era dela, o neto devia tê-la alertado sobre a brincadeira.

Mas o que eles queriam com ele, afinal? Por que estavam tendo todo aquele trabalho?

Diogo ficou com medo. Sempre havia a possibilidade de ele estar sofrendo de algum distúrbio psíquico, mania de perseguição, paranoia... Podia estar criando tudo aquilo em sua cabeça, ouvindo palavras que ele mesmo colocava na boca dos outros... Depois que lera todo o livro do Macedo, as frases, os diálogos, a trama, tudo entranhara em seu cérebro... e ele podia reproduzir... tornar real uma fantasia...

Não... Coincidências demais... A empada... Só havia um jeito de saber. Dar linha à pipa! Dar corda para eles mesmos se enforcarem.

Levantou do banco e partiu para a guerra, cheio de fome.

· 5 ·

O futuro encravado no passado

Depois do churrasco, Diogo não teve mais nenhuma dúvida. Estavam preparando mesmo alguma coisa contra ele.

Aconteceu tudo como no livro!

Rodrigo chegou a repetir algumas frases de Fabrício; Verinha falou e agiu como Carolina, a Moreninha; Lídia de fato sentou-se ao seu lado, como Clementina, e deixou rolar um clima entre eles; Priscila, então, puxou papo exatamente como sua personagem no livro, a Joaquina:

— Chegou muito tarde à ilha... balbuciou d. Quinquina, como quem desejava travar conversação com Augusto.

Tudo igual. Verinha expôs a paquera entre Diogo e Priscila. Rodrigo aproveitou para se vingar, dizendo a todos que ele era um mulherengo safado que ficava com dez meninas numa noite só.

Diogo, disfarçando ao máximo para não ser Augusto demais, disse, com suas palavras, mais ou menos o que falou o personagem do livro, e a reação foi idêntica.

Até a avó de Murilo reagiu como a avó de Filipe às acusações de Rodrigo:

– *É possível?!*

"A velha tá participando da armação", Diogo anotou no caderninho, quando, no fim do churrasco, voltou ao banco da destilaria de cachaça. Ali era isolado o suficiente para reler suas anotações e preparar-se para as próximas batalhas.

Algum tempo depois, dona Glória, ela, justamente ela, como dona Ana na história do Macedo, veio falar com ele.

Claro, ela disfarçou. Trazia uma cesta de vime, para catar mangas, fingiu surpreender-se com o amigo do filho ali, afastado dos outros. Sentou-se a seu lado e puxou o mesmo papo que a avó do livro:

– *Com efeito, disse a sra. d. Ana, devo confessar que me espantei, ouvindo-o sustentar com tão vivo fogo a inconstância do amor.*

A cabeça de Diogo fervia, mas já estava preparado para aquilo.

Correspondia ao sexto e sétimo capítulo de *A moreninha*, talvez os mais importantes. Era quando Augusto revelava à dona da casa o acontecimento mais marcante de sua vida: o encontro de uma menina pela qual se apaixonara, há muitos anos, numa praia do Rio de Janeiro.

(...) Foi, pois, há sete anos, e tinha eu então treze anos de idade, que, brincando em uma das belas praias do Rio de Janeiro, vi uma menina que não poderia ter ainda oito. (...) Corremos a brincar juntos (...) É sempre digno de observar-se esta tendência que têm as calças para o vestido! Desde a mais nova idade e no mais inocente brinquedo aparece o tal mútuo pendor dos sexos... e de mistura umas vergonhas muito engraçadas...

(...)
– Sou bonita, ou feia?...
(...)
– Tão bonita!...
– Pois então, tornou-me ela, quando formos grandes, havemos de nos casar, sim?
– Oh!... pois bem!...

Naquela tarde do passado os dois haviam encontrado um menino chorando.

– O que tem? perguntamos ambos.
– É meu pai que morre! exclamou ele, apontando para uma casinha que avistamos algumas braças distante de nós.

O menino os levou ao barraco em que vivia sua família. Seu pai estava morrendo, a família passava fome. A menina então deu a eles uma moeda de ouro. Augusto também deu dinheiro. Em seu leito de morte, o moribundo os abençoou e previu o casamento:

– Seja dado ao homem agonizante lançar seus últimos pensamentos (...) Meus filhos, amai-vos e amai-vos muito! (...) Meus filhos, eu os vejo casados lá no futuro!...

O homem então tirou dois breves de uma gaveta ao lado da cama. Breve era uma trouxinha de pano, contendo orações escritas, e que os católicos penduravam no pescoço. Pediu um objeto a cada um. Augusto deu-lhe um camafeu; a menina, uma esmeralda. O homem colocou cada objeto em um breve, e os devolveu.

Ao menino, disse:

— Tomai este breve (...) Ele contém o vosso camafeu: se tendes bastante força para ser constante e amar para sempre aquele belo anjo, dai-lho a fim de que ela o guarde com desvelo.

E à menina:

— Tomai este breve (...) Ele contém a vossa esmeralda: se tendes bastante força para ser constante e amar para sempre aquele bom anjo, dai-lho, a fim de que ele o guarde com desvelo.

Os dois trocaram os breves. Ela ficou com o camafeu dele, e ele com a esmeralda dela.
O velho morreu.
Depois daquela tarde, sem trocar nomes nem endereços, Augusto e a menina se separaram, e nunca mais se viram.
"Era àquela menina que o 'ultrarromântico' Augusto se mantinha fiel", como Diogo lera no *site*.
O ultrarromantismo idealizava totalmente o amor. As mulheres viravam seres imateriais, sem corpo... anjos, virgens... Não havia a realização amorosa, o ato físico.
Românticos radicais, os ultrarromânticos eram fiéis a uma amada que nunca encontravam. Macedo, um romântico, com aquele capítulo parecia querer brincar com os ultrarromânticos, que apareceram na geração seguinte à sua, criando o personagem Augusto, um mulherengo que dava em cima de todas, mas que se mantinha fiel a uma menina que vira apenas uma vez, em um passado distante.

"O safado usava a fidelidade a uma menina ideal pra não se comprometer com nenhuma. É uma boa técnica", Diogo havia anotado.

E ficou pensando se havia uma menina assim em sua vida. Vasculhando o passado...

Havia!

Lembrou-se dela justamente ali, naquele banco gelado, na ruína da destilaria de cachaça, pouco antes de dona Glória aparecer!

Diogo não sabia o nome dela, sua amada ideal. Há uns quatro anos, numa noite de Carnaval, em Friburgo, a mesma cidade de Murilo...

E, então, mais aquela coincidência assustadora! Lembrar-se do encontro com essa menina ideal, por quem jurara amor eterno, quando dona Glória apareceu. E, como Augusto fez com a avó de Filipe, contar à avó de Murilo o que havia acontecido...

– Eu tinha uns 15 anos. A menina devia ter uns 13. Foi uma terça de Carnaval, e o baile no clube da cidade era à fantasia. Eu fui de Batman. Ela, de Mulher-Gato. Talvez aquilo nos tenha aproximado.

Haviam pulado e se divertido a noite toda, depois passeado pelos jardins gramados do clube. No passeio, conversaram como se já se conhecessem. Riram muito. Brincaram de só revelar seus rostos e dizer seus nomes mais tarde. Eram Batman e Mulher-Gato.

Tinha sido uma sintonia perfeita. Gostavam das mesmas coisas, sonhos idênticos de sair da cidade pequena, fazer faculdade no Rio de Janeiro... Ele queria ser escritor, ela queria ser advogada, depois juíza. Então, encostados em uma árvore, afinal se beijaram na boca.

Diogo se lembrava daquele beijo!

Depois de tantos anos, e centenas de beijos na boca, nenhum beijo havia sido como aquele!

Espantoso! Os ultrarromânticos estariam certos? Ele era um galinha porque na verdade amava uma menina ideal? Uma mulher-gato que nunca mais viu, mas cujo beijo não esqueceu? Todo esse tempo ele era um ultrarromântico e não sabia?

À medida que contava a história a dona Glória, Diogo ia se lembrando dos detalhes. Há quantos anos não pensava naquela menina? E agora tudo lhe vinha tão claro à mente!

A velha, porém, não parecia ter ensaiado como os outros. Dona Glória espantou-se com a veemência que Diogo dava às recordações daquela noite de Carnaval. Manteve-se muda, olhando-o assustada. Depois deu um tapinha em sua perna e disse que a vida era assim mesmo, que ele ainda era muito jovem... e mais uma porção de frases cheias de bom-senso, mas que não queriam dizer nada, e foi realmente catar mangas.

Diogo ficou só, pensando intensamente.

Consultou suas anotações.

No livro, aquele diálogo com a avó de Filipe acontecia numa gruta da Ilha de Paquetá, onde havia uma fonte. Se a avó de Murilo tivesse estudado o texto, agora estaria contando uma lenda indígena, passada na gruta.

A lenda se chamava "As lágrimas de amor". Estava no capítulo 9. Uma linda índia tamoia que morava na ilha de Paquetá, de nome Ahy, se apaixona por um índio chamado Aoitim, que vem periodicamente caçar na ilha. Só que ele nem sabe que ela existe, e Ahy fica deprimida, chorando em cima da gruta, enquanto Aoitim dorme lá dentro. E ela chora tanto, que as lágrimas acabam se infiltrando e formando uma fonte dentro da gruta. Quando o Aoitim bebe da fonte, se apaixona por Ahy.

> *(...) Aoitim teve sede, e a dois passos viu a fonte que manava; correu açodado para o pé dela e, ajuntando as suas mãos, foi bebendo as lágrimas de amor. A cada trago que bebia, um raio de esperança lhe brilhava, e quando a sede foi saciada já estava feliz: a fonte era milagrosa.*

Macedo tinha enfiado aquela história no texto para criar um paralelo entre o passado e o presente.

Como Diogo havia lido num *site*, o livro *A moreninha* é cheio desses "paralelos que se cruzam". O encontro de Augusto com a menina no passado cruzará com o encontro de Augusto e Carolina no presente; a lenda de Ahy e Aoitim, no passado, cruzará com a história de Augusto e Carolina, no presente...

Com aquela lenda, Macedo criava uma sensação de tempo circular: dava realidade à lenda, e fazia a história "real" de Augusto e Carolina virar lenda.

Diogo começou a perceber como tudo aquilo o estava afetando profundamente. Até a Mulher-Gato voltara. Um encontro no passado retornava agora, e explicava muita coisa.

Aquele beijo na boca.

Havia sido praticamente o primeiro. O primeiro com aquela intensidade. O primeiro beijo apaixonado, na única menina a quem ele disse que iria amar para sempre.

Hoje em dia, quando beijava dez meninas numa festa, já não sentia muita coisa. Quantidade provoca insensibilidade. Uma grande parte era vaidade, mostrar-se aos amigos. Outra, os hormônios que gritavam "por que não? por que não?". E havia a facilidade, a moda, o costume. Todos faziam. Ficar estava até nos anúncios de refrigerante: era o impulso consumista chegando ao beijo na boca. Bocas e línguas descartáveis. Sentimentos que ele depois amassava como uma lata de guaraná e jogava no lixo.

Mas até então ele nunca reclamara disso. Não via nada de errado. Ao contrário. Era um mestre no beijo descartável. Um campeão de sentimentos amassados. Um galinha de fazer inveja. Por que agora, de repente, ao se lembrar da Mulher-Gato, sentia uma saudade terrível de um beijo na boca de verdade? Será que essa inconstância, de que ele tanto se gabava, era o resultado inconsciente de uma fidelidade a uma menina do passado? Será que ele, que gostava de se sentir um cínico, era na verdade um ultrarromântico?

Por onde andaria àquela altura a Mulher-Gato? Quem era ela? Estaria chorando por ele a ponto de formar uma fonte?

Naquela terça de Carnaval, há quatro anos, logo depois do beijo, ela tinha ido ao banheiro. Ele ficou esperando no jardim do clube, encostado na árvore, ainda flutuando no sonho bom daquele beijo apaixonado. Ela havia prometido que na volta tiraria a máscara. Ele também deixaria de ser Batman. Ela se afastou.

Foi a última vez que a viu.

Ela não voltou. Ele a procurou por todo o clube. Ninguém a conhecia. Ninguém sabia a identidade secreta da Mulher-Gato.

Foi uma noite muito confusa. E trágica.

Naquela terça-feira de Carnaval, os pais de Murilo e Verinha morreram num acidente de automóvel, vindo do Rio. Um motorista bêbado bateu de frente no carro deles, na estrada.

Murilo viera estudar no Rio. E a irmã estava morando com a avó naquele sítio, desde então.

Mas todas aquelas lembranças estavam distraindo Diogo do principal: descobrir o que tramavam contra ele.

Dona Glória continuava catando mangas no chão. Diogo teve vontade de perguntar a ela o que estava acontecendo. Não fez isso. Se a avó não resistisse e contasse, todos ficariam contra ela. Teve pena.

Voltou a concentrar-se no romance de Macedo, a ler suas anotações. Havia uma cena em que Augusto se metia embaixo da cama do quarto das meninas, e escutava seus segredos. Aquela era uma boa estratégia, e ele viera preparado.

Deixou as ruínas da destilaria, entrou pelos fundos da casa, foi ao quarto que dividia com Zaca e pegou seu aparelho de MP3, que era também um gravador de voz.

Caminhou em silêncio pelo corredor da antiga senzala. Entrou em um dos quartos das meninas, o maior, e colocou o gravador ligado embaixo da cama.

Voltou para a piscina.

Se não descobrisse qual era o trote, pelo menos ficaria sabendo uma porção de fofocas.

Guerra é guerra.

· 6 ·

Robin teria ciúmes

No final da tarde, as pessoas saíram da área da piscina e foram descansar. Os mais velhos estiraram-se em redes na varanda, e ficaram alimentando os pernilongos. Zaca, Rodrigo e Murilo começaram uma caótica partida de pôquer na mesa da sala.

Diogo disse que ia tirar um cochilo para aguentar a *rave* mais tarde. Do corredor, ouviu as meninas no quarto onde estava o gravador.

Trancou-se no banheiro e releu trechos de *A moreninha*, para saber o que o esperava.

Depois se deitou na cama e ficou olhando para as telhas aparentes do teto. Pensando. Havia alguma coisa óbvia em tudo aquilo, que ele não estava conseguindo enxergar. Se o que estavam aprontando pra cima dele era baseado no livro de Joaquim Manuel de Macedo, se ele analisasse bem o livro, talvez encontrasse a resposta. De que trata *A moreninha*?

Um estudante chama três amigos para passar o feriado na casa da avó dele. Lá vão estar três meninas: a irmã e duas primas. Um dos estudantes é um mulherengo, que se gaba de ser um galinha.

Ao desabafar para a dona da casa, ele explica que é inconstante por ser fiel a um amor antigo: uma menina com quem passou uma tarde, muitos anos atrás, e nunca mais viu nem sabe quem é. A avó do amigo conta uma lenda indígena sobre o amor de uma índia e um índio naquela ilha, por causa da água que mina em uma gruta. O amor termina bem porque:

– *Dizem, pois, que quem bebe desta água não sai da nossa ilha sem amar alguém (...)*

Durante o fim de semana o estudante acaba se apaixonando pela irmã do amigo, mas sente-se culpado por estar traindo a menina do passado, com a qual trocou objetos. No final, por causa desses objetos, ele descobre que a irmã do amigo é o seu amor de infância.

É isso. O livro trata do resgate de um amor de infância, e dos misteriosos poderes de uma ilha.

Três estudantes, três meninas... Fabrício com Joana, Leopoldo com Joaquina, Augusto com Carolina... Rodrigo com Maria, Zaca com Priscila, Diogo com Verinha...

De repente, deu um pulo, e ficou sentado na cama!

Era só seguir a história do livro!

Ele, Diogo, é Augusto. Quem é Carolina, a Moreninha? Verinha, a irmã de Murilo! No final, quem é a mulher da vida de Augusto, a quem ele se mantém fiel e constante? Carolina! A irmã de Filipe.

Quem é a Mulher-Gato? Verinha. A irmã de Murilo!

Diogo levantou, ficou rodando pelo quarto, o coração aos pulos.

Aquilo não era um trote! Não era uma sacanagem contra ele! Era uma brincadeira! Haviam descoberto tudo... Claro!

As peças estavam se encaixando!

Alguém, um dos três, lembrou que a história de Diogo e Verinha parecia o enredo do livro *A moreninha*. Eram todos estudantes de Letras. Resolveram aprontar uma brincadeira, para fazer o reencontro de Augusto e Carolina, quer dizer, Diogo e Verinha!

Tudo fazia sentido!

Naquele fim de semana os amigos reuniriam novamente o Batman e a Mulher-Gato! E eles viveriam felizes para sempre! Perfeito!

Diogo até sentiu remorsos por ter lido o livro. Teria sido uma surpresa maravilhosa. E ele pensando mal dos amigos... Agora o que ele tinha de fazer era não estragar a brincadeira.

Verinha... Claro! A Mulher-Gato era morena, os cabelos pretos encaracolados saíam de trás da máscara. A voz... Diogo não lembrava muito bem, mas quatro anos se passaram, naquela idade a voz muda... O jeito alegre, a corridinha no jardim do clube, os pulos que dava no salão do baile de Carnaval, a alegria espevitada, ela não parava quieta... um beija-flor. A idade batia. Ela agora tinha dezessete. Quatro anos atrás: treze. A Mulher-Gato era Verinha! Como não tinha pensado nisso antes?!

Diogo voltou a desabar na cama. Era muito estranho. De repente se sentia completamente apaixonado pela irmã de Murilo.

Ela era linda! Alegre! Espontânea!

Ele já se imaginava beijando aquela boca! Um beijo de verdade! Já não queria beijar outra mulher! Não via a hora de acabarem com a brincadeira e ele poder ficar com a Moreninha 2, quer dizer, a Verinha!

O que ele precisava fazer dali pra frente? Comportar-se! Não ficar com menina nenhuma! Ser um santo! Apagar a imagem de cínico e inconstante!

Isso ia ser fácil. Diogo estava completamente apaixonado. Só pensava em Verinha.

Verinha.

Escutou vozes.

As meninas saíam do quarto. Riam, soltavam gritinhos, depois correram para o jardim. Foram jogar vôlei.

Diogo esperou um pouco. Abriu a porta devagar. Olhou para os dois lados do corredor. Entrou no quarto delas, pegou o gravador embaixo da cama e voltou para o seu banheiro. Trancou-se para escutar, com fones de ouvido.

Nada. O mais completo papo-furado. Será que elas acharam que Diogo estava embaixo da cama, como o Augusto do livro?

As vozes eram de Lídia, Flávia, Priscila e Maria.

Sem a vigilância dos pais, as duas tímidas eram bem diferentes. Falaram sem parar, intercalando discussões acaloradas sobre marcas e efeitos de uma infinidade de xampus e condicionadores, com uma lista de namorados e ex-namorados, incluindo descrições detalhadas de seus atributos físicos e respectivas performances.

Priscila contribuiu para o debate, relatando os pormenores de um caso secreto com um vizinho do condomínio.

A única que não participava da conversa era Maria. As poucas frases que disse mostravam estar incomodada. O assunto lhe era desagradável e as amigas, idiotas. Quando pediram que ela falasse de algum namorado, Maria respondeu que aquilo só interessava a ela. Pelo barulho de papel virando entre suas falas, Maria estava folheando alguma revista.

Diogo não podia ficar tanto tempo trancado no banheiro. Pulou trechos da gravação. Até ouvir o nome de Verinha.

Lídia perguntava se as outras não haviam percebido como a irmã de Murilo estava completamente apaixonada.

"Para com isso, Lídia!", Maria cortou. "Vocês são umas fofoqueiras! Respeitem a Verinha, ela não tá aqui! Vocês sabem que ela tem problemas de relacionamento. A morte dos pais, e todo o trauma... Ela tá se recuperando. Se vocês ficarem de fofoca, acabam fazendo alguma babaquice na frente dela e estragam tudo!"

As outras reclamaram, mas mudaram de assunto. Não se tornava a ouvir a voz de Maria.

Diogo escutou mais uns quinze minutos sobre filtros solares, absorventes menstruais que não marcam a calcinha e emocionados depoimentos sobre se teriam coragem ou não de colocar silicone nos peitos, no futuro. Flávia contou que um amigo experimentou os da namorada e "eram como dois *joysticks* de *videogame*".

Desligou o gravador e voltou para a cama.

A gravação servira para alguma coisa. Verinha estava apaixonada! Por quem? Por ele! Claro!

"Eu vou fazer você feliz!", Diogo exclamou em seus pensamentos, e achou a frase completamente imbecil. Mas era o que ele sentia naquele momento, no fundo de seu coração. Ia fazer Verinha feliz! Aquela gata linda!

Diogo estava tendo mais sorte que Augusto. O capítulo 12, em que este fica embaixo da cama das meninas, é engraçado:

> (...) A posição do estudante era penosa, certamente; por último saltou-lhe uma pulga à ponta do nariz, e por mais que o infeliz a soprasse, a teimosa continuou a chuchá-lo, com a mais descarada impunidade.

Quando leu esse trecho pela primeira vez, Diogo foi ao dicionário saber o que significava "chuchar". Era o mesmo que sugar. Era o termo que se usava a respeito das bruxas, na Idade Média. A bruxa chucha a criança para tirar sua energia. Diogo lembrou que havia uma apresentadora de tevê com esse nome e que também fazia isso.

No livro, ouvir o papo das meninas embaixo da cama serviu para Augusto saber de segredos, que depois usaria contra elas. Durante o sarau do capítulo 16 ele deu em cima das quatro: Joaquina, Joana, Clementina e Gabriela. Indignadas, resolveram se vingar. Clementina escreveu um bilhete marcando um encontro com ele de madrugada, na gruta. Só que, na hora marcada, apareceram todas as quatro.

Augusto, no entanto, já fora prevenido por um segundo bilhete, dessa vez anônimo, de que lhe haviam preparado uma armadilha para ridicularizá-lo. Então, ele usou os segredos que ouviu embaixo da cama para inverter a situação:

— Começo eu, minhas senhoras, disse, e começo por dizer-vos que aquela fonte é realmente encantada; sim, eu tenho, à mercê de sua água, adivinhado belos segredos: escutai vós... Perdoai e consenti que vos trate assim, enquanto vos falar inspirado por um poder sobrenatural. Vós viestes aqui para maltratar-me e zombar de mim, por haver amado a todas vós numa só noite; que ingratidão! (...) ordena-me que eu diga a cada uma de vós, em particular, algum segredo do fundo de vossos corações, para melhor provar os seus encantamentos.

Diogo tinha vindo para a Ilha de Guaratiba pronto para uma cena como aquela. Com certeza iriam lhe preparar alguma armadilha: as meninas deixariam que ele desse em cima delas, dariam mole, para depois expô-lo ao ridículo. Era a intenção de toda aquela farsa, ele pensava: fazê-lo pagar um mico horrendo na frente do máximo de pessoas possível. O motivo, óbvio: uma vingança contra o seu discurso a favor da inconstância, da infidelidade.

Colocara o gravador no quarto das meninas na esperança de, imitando Augusto, ter trunfos na manga na hora em que resolvessem encostá-lo na parede, como o personagem diz no capítulo 17:

– *Vieram buscar lã e saíram tosquiadas!*

Agora Diogo sorria, olhando para o teto do quarto, mãos cruzadas atrás da cabeça.
Não precisava de mais nada daquilo.
Ele não daria em cima de ninguém. Não criaria pretextos para que o levassem ao ridículo.
Seus pensamentos viajavam, se contradiziam. Já não achava que aquilo era uma brincadeira para aproximá-lo de Verinha. Queriam era se vingar dele, por ter pregado a inconstância e ficado com tantas meninas, e tentariam estragar seu lance com a irmã de Murilo.
Ou nada daquilo tinha sentido, e era tudo loucura de sua cabeça.
Dali a pouco iriam para a *rave*. A *rave* corresponderia ao sarau do capítulo 16, do livro. Só que ele não ficará com ninguém lá. Não daria motivos para que estragassem tudo.
Ele iria para a *rave* apaixonado, e começaria a namorar Verinha. Batman e a Mulher-Gato seriam felizes para sempre.

* * *

Acabou dormindo, e foi acordado por Zaca, que sentou em sua barriga, e por Rodrigo, que lhe espremeu pasta de dente na testa.
Uma rápida briga, com pernadas e palavrões, e começaram a se preparar para a festa. Iriam todos na velha caminhonete de dona Glória.

Era uma *rave*: já havia começado naquela tarde e duraria até a tarde do dia seguinte. Eles prometeram à avó de Murilo que não ficariam até o fim. A velha senhora disse que teria um infarto se eles fizessem isso. Ela era muito apegada à neta, e ficara obcecada pela segurança de Verinha depois de ter perdido a filha e o genro no desastre de automóvel. Não conseguiria dormir enquanto ela não chegasse. Verinha se sentia presa, mas adorava a avó e procurava fazer o que ela pedia. Também ela se apegara à dona Glória, depois que perdera os pais.

Diogo tomou um banho demorado, colocou o seu *jeans* mais descolado, a camiseta nova e o tênis importado, que seu pai lhe deu no Natal e que ele tratava como se fosse um filho. Era um guerreiro preparando-se para a batalha. Lembrou-se da lenda dos Tamoios e comparou: Aoitim vai declarar seu amor a Ahy. "E *aí* vai ficar com ela", riu sozinho de mais esse trocadilho idiota. E continuou rindo quando percebeu que o índio tinha nome de fusão de companhias de telefonia celular. Mas aquilo não tinha a menor importância. Eram apenas bobeiras de um coração apaixonado. O amor está sempre a um passo do ridículo.

À medida que se aprontavam, Verinha, Flávia, Lídia, Priscila, Maria, Zaca, Rodrigo, Murilo e Diogo começaram a sair dos quartos e chegar ao salão.

Hormônios adolescentes parecem adivinhar quando os corpos de seus donos estão indo a festas. Ficam extremamente felizes e excitados, como um cachorro quando vê o dono pegar a coleira para levá-lo à rua.

Como escreveu Joaquim Manuel de Macedo, abrindo o capítulo 16:

> *Um sarau é o bocado mais delicioso que temos (...) as moças são nos saraus como as estrelas no céu (...) no sarau*

não é essencial ter cabeça nem boca, porque, para alguns é regra, durante ele, pensar pelos pés e falar pelos olhos.

No caso, era só substituir "sarau" por "*rave*" para se ter a sensação de que nada muda no universo, muito menos nas glândulas hormonais da rapaziada.

Dona Glória, marcando a neta sob pressão, pediu a todos que olhassem por ela, que não a largassem sozinha nem um minuto, não a deixassem beber, nem fumar, nem fazer qualquer coisa que se pudesse fazer em *raves* que ela não soubesse.

Verinha ficou roxa de vergonha, mas abraçou e beijou a avó. Os outros riram, e Murilo a imitou, rezando um distorcido Pai-nosso:

– Não deixai Verinha cair em tentação, e livrai minha neta do mal, amém.

A mãe de Lídia e Flávia também deu instruções às filhas, como um técnico de basquete antes de uma final de campeonato. Era uma mistura de manual de bom comportamento e regras para prevenção de acidentes, que as duas ouviram com cara de anjo.

Diogo estava em paz consigo mesmo, apaixonado, achando tudo lindo e divertido.

Verinha, maravilhosa, havia entrado num *jeans* apertado e numa camiseta sem manga, preta, que a avó tentava abaixar, na esperança de cobrir o inesquecível umbigo da neta.

Ele procurava não se trair. Não queria lançar nenhum olhar comprometedor na direção de Verinha. Tinha medo até que seus olhares se cruzassem, por isso a evitava. Decidiu deixar as coisas acontecerem o mais naturalmente possível. Sabia que estava sendo vigiado por todos os outros. Esperavam que Diogo agisse como o galinha de sempre, que saísse pela *rave* ficando com todo mundo. Ele não faria aquilo.

Não daria em cima nem de Verinha!

Fosse brincadeira ou não o que aprontavam pra cima dele, queria que chegasse até o fim. E o fim, ele imaginava, deliciado, seria a revelação de que Verinha era a Mulher-Gato.

Queria deixar que isso acontecesse. Não queria interferir, nem que eles soubessem que ele havia lido *A moreninha*. Nada de estragar a surpresa.

Começaram a entrar na caminhonete. Murilo dirigiria.

Diogo nem criou clima. Podia tentar sentar ao lado de Verinha. Não. Acabou indo atrás, entre Rodrigo e Lídia.

Lídia abriu um sorriso insinuante quando se sentou ao lado dele. Diogo lembrou que sofreria ataques falsos das meninas. Elas se ofereceriam, fingindo estar a fim dele.

Lídia e Flávia eram do tipo que ficariam com ele só por zoeira. Precisava tomar cuidado. A carne era fraca, o desejo, cego, e os hormônios... tarados.

Lídia simulou se ajeitar no banco, e colocou a mão sobre a perna de Diogo. A mão ficou lá, tempo demais. Ela estava com uma saia muito curta; ele teve muita vontade de retribuir o gesto. Mas se conteve.

Bastava olhar os cabelos morenos e anelados de Verinha, ao lado do irmão no banco da frente, para Diogo virar um asceta ultrarromântico.

A caminhonete custou a pegar. Pegou. Eles partiram, buzinando para a avó, que os olhava aflita, como se o cão saísse de casa sem a coleira.

Zaca, também na frente, ao lado de Verinha, muito encostado nela, provocou em Diogo um ciúme assassino.

Murilo colocou um CD de música eletrônica, para irem entrando no clima, e a caminhonete avançou pela estrada de barro. O espaço era apertado demais para tantas glândulas hormonais. Zaca passou o braço esquerdo por trás de Verinha.

Diogo queria matá-lo com a força do pensamento, mas se distraía porque, a cada buraco que fazia sacolejar o veículo, Lídia colocava a mão em sua perna. Rodrigo abraçou Maria, que manteve o corpo duro. Era estranho, não pareciam namorados. Antes, não se beijavam para a família não saber. Agora, sem motivos para esconder a relação, Maria continuava fria, olhando para o lado de fora. Zaca falou alguma coisa no ouvido de Verinha. Ela riu muito. Diogo sofreu, odiou. Lídia sorriu para ele. Em uma noite normal ele ficaria com ela. Só precisava virar o rosto, encostar a boca, como uma chave de fenda indo ao encontro do parafuso. Ele era um mestre do momento certo... rolaria um beijo, de língua, com certeza.

Não. Controlou-se. Era tudo uma ilusão, um teste.

Ele amava Verinha, Verinha o amava, tudo aconteceria como no livro de Macedo.

· 7 ·

"Os sentidos brigam com a alma" (Almeida Garrett)

Quando chegaram perto, perceberam que o som que saía dos alto-faltantes da caminhonete era o mesmo que rolava na *rave*. Mas isso não tinha nada de esotérico, misterioso, nem chegava a ser uma coincidência, porque a música eletrônica é toda igual.

Já não havia vagas para estacionar dentro do sítio. A caminhonete ficou na rua. Eles compraram ingressos, passaram pelos seguranças e entraram.

As caixas de som gigantes cercavam o pequeno palco, do outro lado, onde ficava o DJ. Já não conseguiam falar uns com os outros, e usavam mímica para expressar como estavam curtindo etc. À esquerda, ao longe, viam-se tendas coloridas. O chão era de terra batida, com algumas partes gramadas, onde grupos se esticavam e descansavam olhando as estrelas. Na área em volta do DJ, centenas de pessoas sacudiam o corpo. Dezenas de malucos circulavam fazendo malabarismos, no claro intuito de aparecer. Outras dezenas haviam decidido se destacar da multidão enchendo a cara, e agora cambaleavam pateticamente com caras de idiota.

Diogo previu que dali a alguns anos acharia tudo aquilo ridículo, mas no momento precisava fazer o que os outros estavam fazendo porque, na sua idade, a solidão era uma perspectiva aterradora.

Foram em direção às tendas. Eram três, e dentro delas rolavam sons diferentes. Na amarela, uma música suave tentava se impor ao barulho que vinha de fora, e as pessoas relaxavam em longos blocos de espuma. Diogo queria ficar ali, deitado com Verinha, mas aquilo estava longe de acontecer, e eles foram para outra tenda, a azul, onde uma banda formada por adolescentes de classe média imitava um autêntico grupo de forró. Decidiram ficar lá, porque Lídia era doida por forró e começou a dançar como se não houvesse amanhã.

Lídia puxou Diogo pelo braço e quando ele viu estava atracado a ela, mexendo as pernas. Ela claramente dava em cima dele, todo mundo já havia sacado. Rodrigo olhava para Diogo com aquela expressão de "o que é que você tem que eu não tenho?".

Rodrigo sempre o invejara, por isso preparara a arapuca, usando sua própria namorada como isca. Mas Diogo estava decidido a resistir a todas!

Verinha, parada, linda, ao lado do irmão. Entre uma música e outra, Diogo se desatracou de Lídia e caminhou para perto dos dois irmãos. Não ia convidar Verinha pra dançar. Não faria nenhum gesto intencional para ficar com ela. Queria só estar a seu lado. Quando estava a uns três passos, Zaca se adiantou, agarrou Verinha e os dois começaram a dançar.

Diogo mordeu-se de raiva e ciúmes, e saiu da tenda azul. Não queria assistir àquilo. Deu alguns passos do lado de fora e parou, sem saber o que fazer. Pensou que talvez Zaca dar em cima de Verinha fizesse parte da brincadeira. Fazer uma cena de ciúme estragaria tudo. Ele teria de aguentar ver um filho da mãe cantar Verinha, e mesmo assim não ficar com nenhuma menina a noite toda. Aceitar tudo, para passar no teste. Queria terminar a noite encostado em uma árvore, voltando a beijar a Mulher-Gato. Sentiu um braço enlaçar o seu. Priscila.

– Vamos até o palco! – ela gritou. – Não gosto de forró!

Ele se deixou levar. Priscila era linda demais para receber um não. Era por ela que Murilo esperava que Diogo perdesse a aposta. Foram de braços dados. Difícil resistir. Numa noite normal, àquela altura já teria ficado com duas.

Priscila parou junto a uma caixa de som e começou a sacudir o corpo no ritmo da música eletrônica, de frente para ele, sorrindo. Aquela situação normalmente deixaria Diogo maluco. Ela mexia os quadris, os cabelos louros balançavam, o sorriso... Ele dançou também... Os homens em volta olhavam para ela... Era uma deusa.

Dançaram algum tempo. Às vezes Priscila encostava o corpo no dele, e Diogo chegava a recuar, como se ela desse choque, e imaginava que os caras em volta concluíam que ele era *gay*. De repente o grupo todo apareceu, Murilo, Rodrigo, Lídia, todos, até Verinha, e começaram a dançar também, e Diogo ficou aliviado porque Verinha e Zaca estavam bem longe um do outro.

Mas Priscila continuava perto. Perto demais.

Maldito Macedo, maldita Moreninha, maldito ultrarromantismo! Que se danasse tudo! Diogo só precisava dar um passo para a frente, olhar Priscila com firmeza e dar um beijo naquela boca maravilhosa que... Não! Não podia! Verinha estava ali, bem ao lado. Se ele avançasse em Priscila, todos iriam ver. Perderia Verinha para sempre.

Murilo sorriu para Diogo. Um sorriso estranho, que Diogo não entendeu, tão mergulhado estava naquela paranoia obsessiva que cada gesto, cada frase, pareciam fazer parte de uma grande conspiração... que podia acabar a qualquer momento. Aquilo era o mais angustiante. De repente, depois de um sorriso estranho como aquele, Murilo podia anunciar que a brincadeira terminara, já era hora de parar de sacanear o pobre Diogo, e finalmente revelar o motivo de tudo aquilo que...

Flávia o abraçou por trás. Assim, de repente. Enganchou os braços na cintura de Diogo, mexendo o corpo no ritmo da música. Ele foi obrigado a acompanhar. Lídia fez o mesmo com Murilo. Rodrigo abraçou Maria, que continuava fria com ele. Será que ela já sabia da proposta que o namorado fizera a Diogo? Zaca abraçou Verinha pela cintura. Diogo chegou a dar um pulo para a frente, perdendo o equilíbrio. Flávia quase caiu por cima dele. Riram. Logo todos se soltaram. Era uma brincadeira. Ficaram dançando, separados, convulsivamente. Diogo também.

Diogo achava dançar uma coisa meio idiota de se fazer. Preferia ler livros. Mas se dissesse isso para os outros, naquela idade, seria banido para sempre do convívio humano. Podia-se fazer o que quiser, todos os tabus e preconceitos haviam caído. Só não se podia ficar lendo um livro sábado à noite.

Dançaram horas, cada um na sua, e isso pelo menos aliviou Diogo, que via Verinha bem longe de Zaca.

A música não parava, o ritmo repetitivo e muito alto, a batida constante, provocava uma pressão anestésica no plexo solar; o bate-estaca hipnótico bloqueava os pensamentos, os corpos viravam massa de modelar e Diogo lutava para manter suas ideias claras. Não gostava de nenhuma atividade que o impedisse de pensar. Ele queria ser um escritor, e um escritor tem de pensar. Tornou a lembrar-se de Macedo:

(...) no sarau não é essencial ter cabeça nem boca, porque, para alguns é regra, durante ele, pensar pelos pés e falar pelos olhos.

Estava a um passo de agarrar Verinha ali mesmo, dar-lhe um beijo na boca na frente de todo mundo, no meio daquele barulho alucinante, e que o mundo explodisse! Mas foi salvo por uma necessidade urgente de fazer xixi.

Afastou-se em direção às tendas. A uns cem metros atrás delas ficavam os banheiros químicos. Uns dez, enfileirados junto à cerca, parecendo soldados a postos, perfilados, prontos para cumprir uma nobre missão.

Aliviado, caminhou devagar e resignado de volta ao DJ e à música eletrônica, disposto a continuar dançando até que alguma coisa acontecesse. O importante era ficar todo o tempo perto de Verinha.

"É muito mais fácil ser inconstante e infiel", ele pensou. Como escreveu Macedo:

> (...) *Pois, meu amigo, quero te dizer: a teoria do amor do nosso tempo aplaude e aconselha o meu procedimento (...) porque as moças têm ultimamente tomado por mote (...) estes três infinitos de verbos: iscar, pescar e casar. Ora, bem vês que, para contrabalançar tão parlamentares e viciosas disposições, nós, os rapazes, não podíamos deixar de inscrever por divisa em nossos escudos os infinitos desses três outros verbos: fingir, rir e fugir (...)*

Ao passar em frente à tenda amarela, em que rolava música suave, viu Maria, sozinha, recostada num grande almofadão de espuma azul. Ela parecia triste. Rodrigo não estava por perto.

Diogo a achava diferente das outras. Não só pelo estilo meio alternativo, o tom pálido, o corte de cabelo. Maria parecia estar sempre mergulhada dentro dela mesma, inacessível. Seus olhos eram muito profundos, do outro lado havia um abismo que chegava a assustar, e que mantinha as pessoas distantes.

Ele parou e ficou olhando para ela, que estava de olhos fechados, balançando a cabeça suavemente ao ritmo da música.

No livro de Macedo, Maria correspondia a Joana, a quem Augusto também considerava diferente:

> – (...) *a vós é que eu mais admiro, porque vós sois exatamente a única dentre elas que tem amado melhor e que mais infeliz tem sido (...)*

Augusto decidiu contar a Joana o plano de Fabrício para descartá-la. Diogo, num impulso, resolveu fazer o mesmo. Maria não merecia o idiota do Rodrigo. Ela não estava querendo participar da brincadeira, ou não sabia que estava sendo usada pelo namorado. Tentar ficar com a namorada de um amigo, que além de tudo era prima da Verinha, seria o auge da canalhice, e a Mulher-Gato nunca o perdoaria.

Entrou na tenda e sentou ao lado de Maria, querendo mais uma vez imitar Augusto. Ela abriu o olho e se assustou.

Ali, dentro daquela tenda de paredes de plástico, por algum milagre tecnológico era possível conversar sem gritar muito.

– Posso falar com você? – ele perguntou.

– Claro – ela sorriu.

O rosto de Maria era como o reino abissal nos oceanos... o mistério era completo, mas de vez em quando um sorriso maravilhoso o cruzava, como um peixe com luz própria.

– Eu quero abrir o jogo com você – ele disse. – O Rodrigo me fez uma proposta imbecil, tão escrota que resolvi te contar, porque acho que ele não merece uma pessoa legal como você...

– O que foi...?

Diogo se considerou um canalha, queimando o filme do amigo, mas sentiu uma vontade muito grande de desabafar, de ser verdadeiro com alguém, mesmo que isso não resolvesse em nada o seu problema. Que pelo menos uma pessoa saísse daquela mentira, caísse fora de toda a intriga. Ou podia estar fazendo aquela delação só para se vingar de um de seus amigos cretinos que...

– Maria, o Rodrigo me falou de você... disse que você sufoca ele, que quer que ele ligue várias vezes por dia, vá ao cinema toda hora, que...

– O que ele disse exatamente?

Ele se lembrou do diálogo de Augusto com Joana:

> – (...) *Sois, todavia, um pouco excessiva em exigências.*
> – *Que quer dizer, sr. Augusto.*
> – *Que quereis muito, quando ordenais a um estudante que vos escreva quatro vezes por semana, pelo menos; que passe defronte de vossa casa quatro vezes por dia; que vá a miúdo ao teatro e aos bailes (...) e até que não fume charutos de Havana, nem de Manilha, por ser falta de patriotismo.*

Diogo disse mais ou menos isso, com as palavras de Rodrigo. Sentia-se um traidor, mas era tarde demais. Maria o encarou com um olhar tão afastado da superfície do rosto que ele teve medo de despencar naquele precipício insondável.

Ela custou a falar. Diogo se sentiu mal, constrangido. Um delator mesmo.

– E qual foi a coisa horrível que ele te propôs? – ela perguntou.

– Que eu desse em cima de você.

– O quê?!

– É. Se a gente ficasse... um beijo só... ele armava uma cena de ciúme e acabava o namoro... saía fora, e a culpa ia ser tua. Aí ele não ficava mal com o teu primo.

Maria calou-se novamente, sempre encarando Diogo, com um olhar magnético que o paralisava, como um sapo diante da cobra. Ela era muito nova para ter um olhar tão profundo, ele pensou. Um olhar que devia ser o resultado de um grande sofrimento. Só o sofrimento amadurecia alguém daquela maneira. Ele não tinha dúvida: ela não sabia que estava sendo usada na brincadeira.

Maria o surpreendeu, pegando sua mão com carinho e falando com voz doce:

— Obrigada por me contar, Diogo. Agora eu acho que quero ficar um pouco sozinha, tudo bem?

Ele saiu da tenda, sentindo-se estranho, sem ter certeza se o que fizera foi certo ou errado. Mas Rodrigo era um idiota e merecia. Ninguém podia magoar uma menina como a Maria assim...

"Brincadeira tem hora", ele repetiu para si mesmo, enquanto avançava em direção ao palco do DJ.

Sentia um estranho vigor, uma força interior inesperada, como se o fato de ter dito a verdade a Maria o tivesse libertado de todas as outras mentiras.

Ia com ímpeto, decidido a acabar com a palhaçada. Ficaria de frente para Verinha e diria:

— Eu sou o Batman!

Esperaria ela absorver a informação, e descarregaria:

— Você é a Mulher-Gato! Eu sei de tudo! Eu também li *A moreninha*! Você é a mulher que eu amo, que vou amar sempre! Eu nunca esqueci aquele beijo! Foi por isso que eu me tornei inconstante! No meu inconsciente, eu esperava te encontrar um dia! Agora que sei que a mulher da minha vida é você, Verinha, não vou mais te perder por nada! Acabou a brincadeira! Chega de palhaçada! Vamos sair do livro do Macedo e cair na vida real! Eu sou eu, não sou Augusto! Você não é Carolina! Vamos ficar juntos! Agora! Me dá um beijo!

Ele faria aquilo explodir na cara de todo mundo!

Lá estava o grupo, no mesmo lugar, dançando ainda. Diogo avançou entre eles, com energia. Mas parou. Cadê a Verinha? Ficou meio perdido. Começou a dançar também, para disfarçar. Procurou-a, com os olhos aflitos.

De repente, viu.

Custou a acreditar. Chegou mais perto.

Lembrou-se de uma frase do livro:

– *Agora, sr. Augusto, é chegada a sua vez...*

Foi Carolina quem disse isso, quando Augusto saiu da gruta, triunfante, sentindo-se o máximo, depois de ter "tosquiado" as outras.

Verinha, encostada na grade de aço que protegia a caixa de som mais próxima, estava abraçada, atracada, com um sujeito forte, de camiseta apertada e cabeça raspada. Os dois se beijavam na boca.

Diogo, cambaleante, como se a flecha de Cupido estivesse envenenada, gritou no ouvido de Murilo, apontando para os dois:

– Quem é o cara?

– Ah... é o Beto. É namorado da minha irmã. Só chegou agora. Não fala nada pra minha avó, não. A velha ainda não sabe!

• 8 •

"Amar é preferir alguém a todos os outros"
(Almeida Garrett)

(...) *amor é um menino doidinho e malcriado que, quando alguém intenta refreá-lo, chora, escarapela, esperneia, escabuja, morde, belisca e incomoda mais que solto e livre* (...)

Cinco horas da manhã. A montanha coberta de mata atrás do sítio começava a avermelhar com os primeiros raios de sol. Passarinhos cantavam e voavam por todo lado. Um sapo boêmio ainda coaxava entre as bananeiras.

Diogo estava sentado no banco de pedra, sozinho, no meio da ruína da destilaria de cachaça. Finalmente chorava.

(...) *O amor é um anzol que, quando se engole, agadanha-se logo no coração da gente, donde, se não é com jeito, o maldito rasga, esburaca e se aprofunda.*

Passara o resto da noite controlando-se. Foi obrigado a assistir à felicidade de Verinha, aos beijos intermináveis de seu amor em outra boca, aos seus olhares apaixonados para outro, aos amassos dos dois nos almofadões da tenda amarela.

Foi obrigado a ver seus três amigos se divertirem como nunca, ficarem com meninas lindas, rirem, no melhor dos mundos.

Viu Priscila agarrada com um garotão alto e magro. Viu Zaca e Murilo estendidos em cangas num gramado, ao lado de mulheres lindas, em beijos ardentes que misturavam o movimento de respiração boca a boca com o de um desentupidor de pia. Viu Lídia e sua saia curta desfilar abraçada a um surfista de longos cabelos parafinados. Até Rodrigo ele viu aos beijos com uma morena, atrás do palco.

Todos passavam e perguntavam por que estava tão devagar, e ele sorria, sacudia os ombros, e aqueles sorrisos lhe custavam tanto que acabou com a alma esgotada, aflito para ficar sozinho e afinal desabar, como estava fazendo agora.

Dependia da carona de Murilo para voltar, então teve de disfarçar sua agonia, a dor de cotovelo, o despeito, o ciúme, a inveja, o desamparo. Como alguém que caiu num poço fundo, tentava só olhar para o alto, mas o que via era um pedaço muito pequeno de céu.

A visão de Verinha aos beijos com o namorado tinha sido uma ferroada em seu coração, que agora latejava, inchava, doía, enquanto os pensamentos tentavam colocar compressas. Se Diogo ao menos entendesse o que estava acontecendo!

Quando afinal o pesadelo da *rave* acabou e a caminhonete o trouxe de volta ao sítio, ele disfarçou, deitou na cama, fingiu dormir, esperou Zaca começar a roncar e a casa ficar quieta, e então foi se refugiar na destilaria de cachaça.

O que significava tudo aquilo?

Assim que viu Verinha aos beijos com um outro, quando ia justamente revelar seu amor por ela, achou que a brincadeira acabaria ali. Os amigos iriam cercá-lo, rir muito de sua cara de panaca, dizer que ele merecia aquilo, que era um castigo por sua inconstância, pelas dezenas de meninas que ele seduzira e abandonara. Confessariam ter usado o enredo de *A moreninha*; afinal, aquilo era um trote de estudantes de Letras, e tudo ficaria explicado. Ele acabaria rindo. Logo depois, na certa ficaria com alguma menina, depois com outra, e mais outra...

Mas não. Não aconteceu nada. Verinha havia ficado, e como, e ninguém se manifestou, ninguém o zoou. Nada de *A moreninha*...

Foi como se, depois da expectativa de todo o livro, Macedo fizesse Carolina ficar com outro personagem sem ser Augusto. "Se houvesse um Procon para obras literárias, o autor deveria ser multado e o livro fechado pelos fiscais", ele chegou a pensar.

Diogo estava chorando. Não conseguia entender mais nada. Tinha medo de que tudo o que havia pensado durante a semana, a história do livro de Macedo, a trama que imaginou em seus pensamentos, tudo fosse um distúrbio psicótico. Os fatos que pareciam se encaixar tão bem talvez só existissem em sua cabeça. De repente isso o deixou muito apavorado. Chorou. Sentiu pânico. Tudo lhe pareceu loucura. Uma ou outra coincidência com a trama do livro de Macedo o fizeram ler *A moreninha*... depois, o próprio livro foi que o influenciou e o fez forçar as "coincidências" seguintes, como as pessoas que acreditam tanto em previsões de horóscopo que fazem com que elas aconteçam.

Esses pensamentos não o aliviaram; ao contrário, serviram para aumentar as possibilidades de que ele estivesse ficando maluco.

Apaixonar-se por Verinha só porque concluiu que ela era a Mulher-Gato de um beijo de anos atrás? Concluir que era inconstante, um galinha, e que ficou com tantas meninas até aquele dia porque é um ultrarromântico que na verdade ama uma mulher só, que conheceu numa noite de Carnaval quando tinha 14 anos? Ter certeza absoluta de estar vivendo a trama de um livro escrito há mais de cento e cinquenta anos? Associar os personagens do livro aos amigos? Chegar a anotar que personagem era quem na "vida real"? Achar que ele próprio era o herói romântico que no final encontraria sua amada e seria feliz para sempre?

Trazer o plano dos sonhos, as metáforas, os símbolos, para a realidade concreta... querer viver o mundo simbólico como realidade... perder a capacidade de distinguir a imaginação do mundo real... típicos sintomas de uma psicose delirante... de um distúrbio alucinatório...

Estava ficando doido. Com certeza. Chorava. Chegava a soluçar. E então levou um susto. Uma cabeça apareceu no vão da parede de tijolos maciços, onde antigamente devia haver uma janela. Era Maria, que o olhou assustada:

– Diogo?

– Oi... – ele gaguejou.

– O que você tá fazendo aqui, cara? Escutei um soluço... tá chorando?

– Não, foi um cisco que...

Não terminou a frase. Maria deu a volta, entrou pelo arco semidesabado e veio sentar ao lado dele.

– Que foi? Tá mal, né?

– Nada...

Ela não insistiu. Ficou calada, olhando para frente. Diogo segurou o choro.

– Eu acordo todo dia às cinco, pra ir pra escola – ela disse. – Acabei me habituando. Não consigo dormir até mais tarde. Mesmo que eu vá pra cama às quatro, acordo às cinco. Tenho inveja das meninas. Tão ferradas no sono. Se deixarem, vão até de tarde. Resolvi sair, ver o sol nascer... aí escutei você aqui.

– É. Também fiquei sem sono.

— Você não tá legal, Diogo. Fala pra mim... o que tá acontecendo?

Ele sentiu um nó apertado na garganta. A voz de Maria era calma e segura, e seu olhar firme, decidido, sofrido, fez Diogo ter vontade de puxar as pontas, desatar o nó, libertar a garganta.

— Você foi bacana comigo lá na *rave* – ela continuou. – Me contou aquele lance do Rodrigo. Que idiota! A gente terminou, claro. Eu tô me sentindo muito melhor sem aquele encosto.

— Eu não queria que vocês...

— Esquece. Fala de você. Por que tá chorando? Eu vi que você ficou mal na *rave*. Tentou disfarçar, mas tava com uma cara passada.

— É que rolou... tá rolando... um lance muito estranho.

— Diz aí...

— Você já leu *A moreninha*?

— O quê?

— O livro *A moreninha*, do Joaquim Manuel de Macedo.

— Não. O que isso tem a ver?

— Você não vai entender nada. Deixa pra lá. Eu acho que tô ficando doido.

— Conta. Depois eu decido se você enlouqueceu ou não... – e ela deu um sorriso luminoso que fez Diogo afinal se abrir com alguém.

— *A moreninha* é a história de quatro amigos que vão passar o fim de semana numa ilha, na casa da avó de um deles. Lá, encontram duas primas e a irmã do cara. São três caras para três meninas.

— Tudo bem.

— Um dos caras é um galinha, inconstante, infiel, mulherengo. E se vangloria disso. Tem um discurso de apologia à infidelidade: ninguém é de ninguém...

— Que nem você.

– É. Que nem eu...

Nesse momento Diogo percebeu, pela primeira vez, que já não era mais assim. Já não defendia a inconstância. Agora achava aquele papo imaturo, idiota. Continuou:

– Aí o amigo que tá fazendo o convite, o neto da dona do sítio, faz uma aposta com o cara galinha: se ele se apaixonar por alguma das três meninas, vai ter de escrever um livro confessando a sua derrota e renegando sua filosofia da "galinhagem"... um livro confessando seu amor, e admitindo a constância e a fidelidade.

– Parece uma história bem legal. Vou ler. Mas vou perguntar de novo: o que isso tem a ver com eu te encontrar aqui chorando?

– O Murilo fez a mesma aposta comigo.

– Como assim?

– Se eu me ligasse em alguma menina aqui do sítio, neste fim de semana... me ligasse de verdade, me apaixonasse, eu ia ter de escrever um livro...

– O pessoal de Letras viaja...

– Escuta, repara na coincidência: três meninas, três caras, a aposta...

– E daí?

– Este fim de semana. Aqui. Era o enredo do livro. Igual.

– É.

– Eu soube disso por acaso. Eles não disseram nada.

– Não?

– Então comecei a ficar paranoico. Achei que iam me aprontar alguma sacanagem. Li *A moreninha*... e as coincidências continuaram.

– É?

– Tudo. Lembra os nossos papos na piscina? O Rodrigo dizendo pra todo mundo que eu era um galinha? A Lídia e a

Flávia dando em cima de mim? Muitas vezes chegaram a falar frases que o próprio Joaquim Manuel de Macedo escreveu! Até a dona Glória fez o papel dela.

– Mas o que eles queriam? Qual era a sacanagem?

– Pois é... eu fiquei tentando entender! Até a proposta do Rodrigo, de eu ficar com você pra ele fazer uma cena de ciúme e sair da relação sem brigar com o Murilo...

– Isso também tá no livro?

– Tá.

– E tá no livro que você ia me contar tudo?

– Também – confessou Diogo. – Mas acredita em mim... juro, eu te contei porque vi você triste. E você não merece... Você é diferente de todas as outras meninas!

– Sou?

– Eu acho. Você é profunda... é...

– Tá. Continua...

Diogo quase disse que começou a admirar Maria quando ouviu a gravação... ela não se misturava nos papos idiotas das outras, e defendeu a privacidade de Verinha... Mas resolveu pular aquela parte do gravador embaixo da cama.

– Eu não queria que eles soubessem que eu tinha lido *A moreninha*. Queria pegar todo mundo de surpresa, no final. Então fui dando corda, dando corda... mas sem entender até onde eles iam chegar.

– E entendeu?

– Num certo momento achei que tinha entendido. Aqui, neste mesmo banco, eu pensei no final do livro...

– Eu ia perguntar. Como termina?

– O pegador se apaixona pela irmã do cara.

– Tá. E se o galinha, no caso, é você...

– Pois é. Então, eu ia me apaixonar pela Verinha.

Maria riu. Depois pediu desculpa:

– Tô começando a entender por que você ficou mal.

– Pois é. Aí continuei associando minha história com a do personagem principal, que se chama Augusto. No livro, ele se apaixona pela moreninha, que se chama Carolina, porque acaba descobrindo que ela é uma menina a quem ele jurou amor eterno quando era criança... e nunca mais viu.

– Você tá me contando a história toda. Eu ia ler o livro.

– Desculpa, você perguntou.

– Tô brincando. Não para não.

– Então eu pensei: será que eu também conheci a Verinha há anos? E prometi amor eterno a ela? E o Murilo descobriu, e armou toda essa farsa pra que eu e a irmã dele nos reencontrássemos?

– Que viagem!

– Foi a explicação que eu arranjei. E o pior é que me lembrei de uma menina... lá em Friburgo, numa terça de Carnaval... nós dois fantasiados, sem tirar as máscaras.

– E aí?

– Rolou um beijo na boca. Mas não foi como só ficar. Muito diferente. O melhor beijo na boca da minha vida.

– Foi?

– Com certeza! Nunca mais beijei uma menina como daquela vez. Não teve nada a ver com ficar. Foi amor puro! Só agora eu sei a diferença!

– Legal, cara.

– Aí eu tive certeza de que a Verinha era aquela menina. Tenho certeza. Tudo bate. As peças se encaixam.

– É. Faz sentido.

Diogo voltou a ficar com os olhos cheios d'água:

– Não. Não faz sentido nenhum. De repente vejo a Verinha ficar com um cara! Ficar mesmo!

– É. Eles se pegaram de jeito. Opa, foi mal!

– Quando vi os dois juntos, e o Murilo disse que o cara era o namorado dela, tudo o que eu tinha pensado até aquele momento deixou de fazer sentido. E eu achei... acho... que tô ficando maluco!

As lágrimas escorreram novamente. Diogo não conseguiu controlar. Maria o consolou:

– Calma, cara. Vamos tentar entender juntos o que aconteceu...

– Não. De repente não aconteceu nada. É tudo criação da minha cabeça.

– Espera. Tudo foi batendo certinho entre você e o tal Augusto. Até eu acho coincidência demais. Existir uma menina por quem você se apaixonou no passado, uma Mulher-Gato misteriosa que nunca mais viu e que foi o melhor beijo que deu na vida... Como é que o Murilo e os outros iam adivinhar que você se lembraria dela?

– Eu li *A moreninha*... eu sabia que o Augusto...

– Mas os outros não sabiam que você ia ler o livro!

– É...

– Deve haver uma outra explicação pra isso tudo.

Então os dois ficaram em silêncio.

Um lagarto saiu do meio do entulho, distraído, olhou para eles por um tempo, antes de continuar seu caminho.

– Espera – Diogo disse de repente, e olhou para Maria.

– O que foi?

– Como é que você sabe que a menina estava vestida de Mulher-Gato?

– O que tem isso?

– Eu não falei.

Maria olhou fixamente para Diogo.

Lá do fundo daquele rosto lindo veio surgindo uma luz, como alguém que sobe uma longa escada segurando uma lanterna, até que a luz saltou para fora dos olhos e entrou em Diogo, e ele descobriu que Maria estava sorrindo e, sem palavras, finalmente lhe explicava tudo, dizia que ele não estava maluco, que o sonho era real, que o símbolo e a realidade haviam se unido numa coisa só, sim, como no livro.

Então Diogo, iluminado, aproximou o rosto de Maria e a beijou. Na boca. Um longo e profundo beijo, que não tinha nada a ver com ficar. Um beijo entre Batman e Mulher-Gato.

E foi um beijo tão intenso que ele começou a ouvir aplausos, pessoas batendo palmas, aplausos entusiasmados, como se um espetáculo grandioso tivesse chegado ao final feliz. E ele tinha passado os últimos dias tão envolvido pelo sonho, pela magia do livro de Macedo, que já não fazia muita distinção entre realidade e fantasia e achou mesmo que os aplausos estavam acontecendo dentro de sua cabeça. Só quando Maria afastou o rosto, rindo, foi que Diogo descobriu que todos os seus amigos estavam cercando a antiga destilaria de cachaça, aparecendo do outro lado das paredes desabadas, todos, até dona Glória, os pais das meninas, o gringo do uísque, Murilo, Zaca, Rodrigo, Lídia, Verinha e o namorado, Priscila, Flávia... todos rindo e aplaudindo muito!

Epílogo

Foi Murilo quem afinal explicou o que estava acontecendo, para um Diogo atônito, que ouviu tudo de mãos dadas com Maria.

Há quatro anos, numa terça-feira de fevereiro, Maria tinha ido com as amigas pular Carnaval num clube de Friburgo. Ela não era de lá. Estava passando as férias na casa dos primos. Murilo tinha febre e ele e a irmã ficaram em casa. Os pais deles estavam no Rio de Janeiro, e voltariam naquela mesma noite. No caminho, antes de ir para casa, pegariam Maria no clube.

Maria estava fantasiada de Mulher-Gato.

Depois do beijo no Batman, ao ir ao banheiro, Maria soube que os tios tinham morrido num acidente de carro na estrada. Um amigo da família a levou embora às pressas.

Aquele tinha sido o primeiro beijo de Maria, maravilhoso, mas, naquela mesma noite, antes de conseguirem buscá-la, seus tios morriam. Foi um longo trauma. Maria associou o amor à morte. Sentiu-se culpada. Se não fossem pegá-la no clube, talvez os tios saíssem mais tarde do Rio, ou nem tivessem decidido viajar à noite...

De nada adiantou todos afirmarem que eles trabalhariam na manhã seguinte. O tio era dono de um restaurante em Friburgo, que abriria na quarta-feira, de modo que ele viria à noite de qualquer jeito; o acidente havia sido na metade do caminho e não tinha nada a ver com o fato de irem buscá-la no clube. Não adiantou. Maria sofreu muito. Nunca mais namorou. Fechou-se em seu mundo interno. E não contou a ninguém sobre o Batman.

Verinha havia descoberto a aventura da Mulher-Gato por acaso, graças a uma garrafa de vinho no aniversário de Priscila, meses atrás. O vinho soltou a língua de Maria. Verinha achou a história linda e contou para o irmão. Murilo não sossegou enquanto não descobriu quem havia se fantasiado de Batman naquela terça-feira de Carnaval, naquele clube de Friburgo. Os dois irmãos queriam ajudar a prima a superar o trauma, e achavam que encontrar o Batman ajudaria muito.

Pela internet, Murilo acionou todos os seus antigos amigos, que acionaram outros... Até que, por uma incrível coincidência, descobriu que o Batman era seu mais novo inquilino, Diogo! Um moleque de 14 anos, na época, que ele só veio a conhecer no Rio.

– Mas você era um galinha filho da mãe – Murilo continuou explicando –, e eu não queria que a minha prima se apaixonasse por um safado que nem você. Ela tinha sofrido muito. Você não valia nada. Ia se aproveitar, ficar com ela e depois dispensar, como já fez milhares de vezes. Eu queria mostrar isso a ela, para que parasse de pensar em você.

– Aí eu disse que aquilo parecia o enredo de *A moreninha* – lembrou Rodrigo. – Eu tinha acabado de ler o livro pra uma prova.

– Pouco depois Verinha me chamou pro aniversário da minha avó – prosseguiu Murilo. – Chamou a gente para passar o fim de semana aqui. Eu achei muita coincidência. Tenho uma irmã que mora com a avó, duas primas, três amigos estudantes, vamos passar um fim de semana juntos...

Murilo havia resolvido fazer uma brincadeira, repetir a trama do livro, só que dessa vez para que o final não fosse feliz. Um desfecho nem um pouco romântico.

— Eu queria mostrar à Maria que você não prestava — confessou Murilo, rindo.

— Você sabia o tempo todo que eu era o Batman? — interrompeu Diogo, para perguntar a Maria.

— Sabia. Eles me disseram que você era um galinha, e que eu ia ver com meus próprios olhos. Você ia tentar ficar com todas. Até comigo, a namorada do seu amigo.

— Você não namorou o Rodrigo?

— Não.

— Fazia parte do teste — Rodrigo riu.

— Mas nada funcionou — voltou Murilo. — Deu tudo errado. Você se mostrou um cara irado.

Maria deu um beijinho em Diogo. Ele ainda estava confuso. Algumas partes do quebra-cabeça ele conseguira encaixar, mas ainda havia muitas peças soltas:

— Mas como vocês conseguiram imitar o enredo do livro com tantos detalhes?

— Não conseguimos — disse Murilo. — Na verdade, ficamos tão espantados quanto você. Nós só queríamos mostrar pra Maria que você passava o rodo nas gatas, e fazer a Mulher-Gato parar de pensar no Batman. Mas a coisa saiu do controle. Você acabou descobrindo *A moreninha*. Nós não sabíamos disso. De repente Diogo começou a agir como Augusto, e ficamos sem entender nada também, como você!

— Você acabou agindo completamente diferente do que a gente esperava — disse Verinha. — Não ficou com ninguém, não deu em cima de nenhuma de nós e ainda foi muito legal com a própria Maria, contando a armação do Rodrigo.

— A gente dizendo pra Maria que você não prestava e você sendo melhor do que nós todos — riu Priscila.

Diogo olhou para Maria.

Novamente se beijaram. Todos tornaram a aplaudir.

Em vez da paradisíaca Ilha de Paquetá do século XIX, o cenário agora era uma ilha falsa, um erro de português, num subúrbio da Zona Oeste. Em vez de ir para lá atravessando a límpida e linda Baía de Guanabara em uma canoa, tinha ido de Kombi pirata pela avenida Brasil. E, no lugar de uma gruta à beira da praia, com uma fonte de águas mágicas formadas pelas lágrimas de amor de uma índia apaixonada, Diogo encontrara o amor nas ruínas de uma destilaria de cachaça.

Os tempos não eram muito românticos, mas aquele era um final feliz, enfim.

– Espera! Você perdeu a aposta! *Isso quer dizer que deve-me um romance* – Murilo repetiu uma frase do livro.

Diogo não reclamou. Aquilo era bem melhor do que ter ganhado a aposta. Encontrara o amor, e escreveria um livro. Qual é o estudante de Letras que não quer escrever um livro? Não ia ser difícil. Enredo já não seria problema. E um de seus professores trabalhava para a editora Ática, fazendo leituras críticas para a coleção Descobrindo os Clássicos. Escreveria sua própria história e depois mostraria para ele. Quem sabe conseguiria publicar? Melhor do que ganhar um *kit* com três cuecas novas.

– *Já está pronto, respondeu o noivo.*
– *Como se intitula?*

Foi o que Filipe perguntou a Augusto, nas últimas linhas de *A moreninha*.

Diogo colocou o ponto-final e ficou olhando para a tela do computador por alguns minutos. Depois levantou, serviu-se de mais uma xícara de café, olhou a rua... e sorriu. Voltou ao computador, foi com o cursor ao começo do livro, apertou a tecla "Caps Lock" para deixar tudo em maiúscula e digitou:

A MORENINHA 2: A MISSÃO

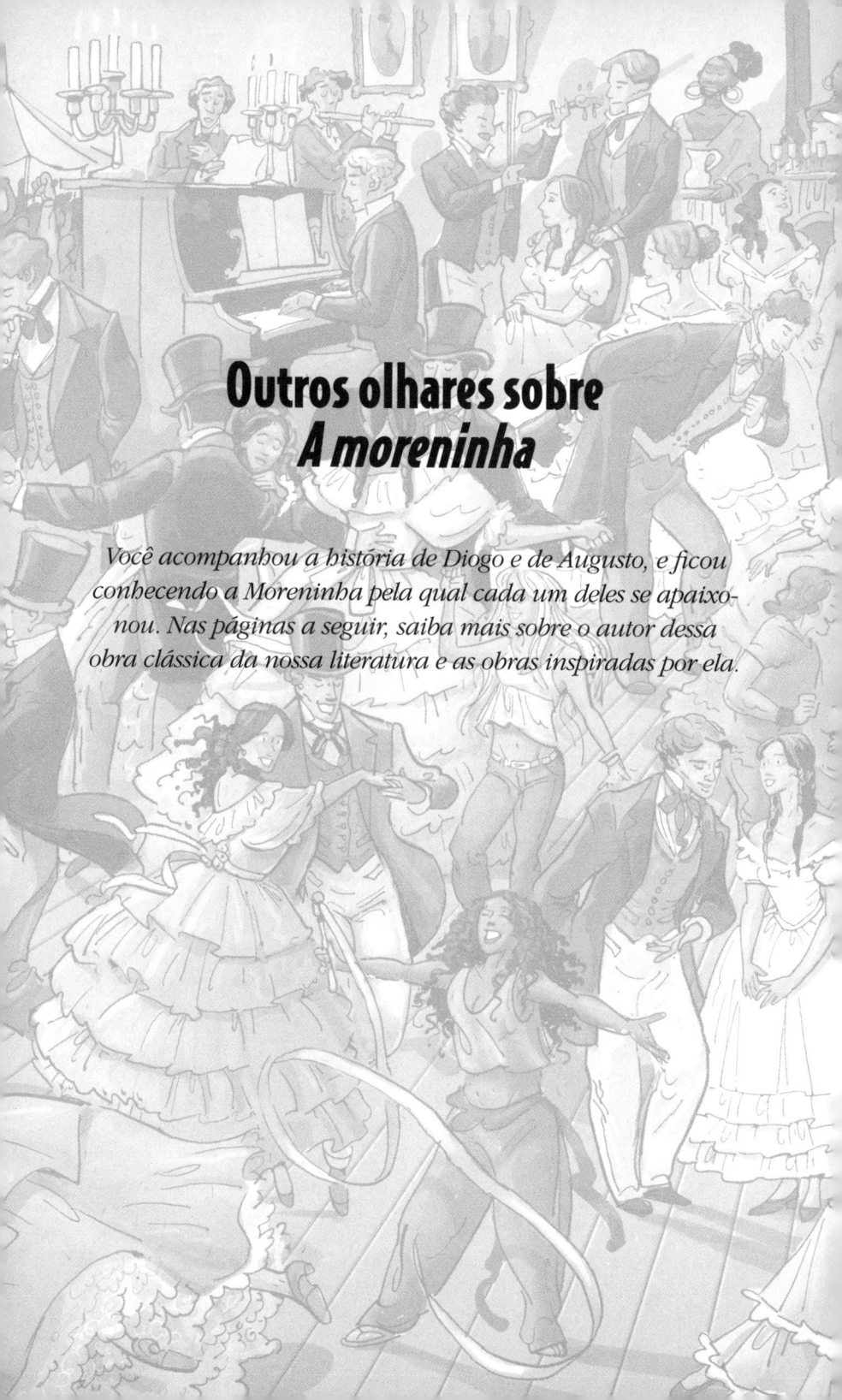

Outros olhares sobre
A moreninha

Você acompanhou a história de Diogo e de Augusto, e ficou conhecendo a Moreninha pela qual cada um deles se apaixonou. Nas páginas a seguir, saiba mais sobre o autor dessa obra clássica da nossa literatura e as obras inspiradas por ela.

Entre a Medicina e a Literatura

Uma república de estudantes de Medicina – espaço bem conhecido por Joaquim Manuel de Macedo. Diferentemente dos demais autores do romantismo brasileiro, que em sua maioria estudavam Direito, o autor formou-se em Medicina pela Faculdade do Rio de Janeiro. Assim como seus personagens Augusto, Filipe, Fabrício e Leopoldo. Porém, pelo êxito obtido com a publicação de seu primeiro romance, *A moreninha*, em 1844, o autor abandonou a carreira médica – na qual nunca atuou exclusivamente – para se dedicar à Literatura e ao Magistério, tendo sido professor de história do Brasil, no Colégio Pedro II, além de preceptor (encarregado da educação) dos netos do Imperador.

Na carreira literária, o autor foi um nome importante em sua

Joaquim Manuel de Macedo, sucesso de público e crítica já no lançamento de seu primeiro romance, *A moreninha*.

geração, e um dos escritores mais populares de seu tempo. Em 34 anos de vida literária, escreveu cerca de 20 romances, oscilando entre temas melodramáticos, cômicos ou históricos. Atualmente, os romances de Macedo que continuam sendo publicados regularmente são o já citado *A moreninha*, *O moço loiro*, de

1845, e *A luneta mágica*, de 1869 – provavelmente, os livros do autor que obtiveram maior sucesso de público.

Além de romancista, dedicou-se a outra arte extremamente popular no século XIX, o teatro: escreveu 12 peças teatrais. De acordo com o crítico Décio de Almeida Prado (*História concisa do teatro brasileiro*, Edusp, 1999), Macedo, "autor fácil e fecundo, passou sem muita convicção ou força por todos os gêneros teatrais disponíveis no momento" em que viveu. Dessa forma, suas peças foram populares no século XIX, sobretudo as comédias de costumes (gênero mais apreciado pelo público brasileiro da época), mas não se constituíram num grande legado para a dramaturgia nacional.

Detalhe da folha de rosto da 1ª edição de *A moreninha*, de 1844.

Fonte: Projeto Memória de Leitura (IEL/Unicamp)

Enfim, um folhetim nacional

O primeiro romance de Macedo, na verdade, não nasceu romance: nasceu folhetim. Isso significa que, em vez de publicar, num volume, a narrativa completa, o autor publicou sua história em capítulos separados, num jornal: a cada número, uma parte da história era revelada. A narração era interrompida em momentos cruciais, ou que anunciavam acontecimentos importantes, com o intuito de aguçar a curiosidade do leitor e levá-lo a comprar a edição seguinte do jornal, em que estaria a continuação da narrativa. Nada estranho aos nossos olhos tão acostumados às telenovelas, que se utilizam do mesmo artifício para prender a atenção de seus espectadores.

A moreninha foi de grande importância no cenário literário e cultural do Brasil, na primeira metade do século XIX, por ser o primeiro folhetim nacional de sucesso. Antes de sua publicação, nas páginas do *Jornal do Commercio*, outros folhetins haviam sido publicados, mas consistiam em traduções de folhetins estrangeiros, especialmente franceses. Portanto, em *A moreninha*, pela primeira vez, os leitores brasileiros visualizaram cenários locais

A Pedra da Moreninha, eternizada por Joaquim Manuel de Macedo, é uma das principais atrações da Ilha de Paquetá. Nela ocorrem importantes episódios do romance.

numa trama romanesca, que, mesmo inspirada nos moldes europeus, trazia características nacionais; como, por exemplo, a fixação de um modelo brasileiro de beleza feminina, na descrição da personagem Carolina – ela é a morena, de longas tranças negras, faceira e alegre, contrastando com as loiras e pálidas belezas europeias.

Tudo isso garantiu à história de Macedo abrangência e sucesso superiores a *O filho do pescador*, de Teixeira e Sousa, que, em termos estritamente cronológicos, é considerado o primeiro romance romântico brasileiro. O livro de Teixeira e Sousa foi publicado em 1843, mas não conquistou os leitores da mesma forma que *A moreninha*, que, se não era lido, era ouvido pela maioria analfabeta da população carioca. Dessa forma, coube à narrativa de Macedo – quando reunidos os capítulos do folhetim em um único volume – o título de "primeiro romance nacional", pois, ao contrário de *O filho do pescador*, ela despertou interesse nos leitores e críticos literários, alcançando notoriedade, o que garantiu que sobrevivesse ao tempo e fosse lembrada pelos historiadores de nossa literatura.

No século XIX, era comum as pessoas se reunirem, no início da noite, para ouvirem histórias lidas por alguém da casa – à semelhança dos dias atuais, em que as famílias se reúnem para assistir às telenovelas depois do jantar.

A moreninha nos palcos e nas telas

Em 1915, o romance de Macedo ganhou, pela primeira vez, as telas do cinema. Produzido pela Leal Filmes, o longa-metragem *A moreninha* foi dirigido por Antônio Leal e estrelado por Lydia Bottini e Oscar Soares, nos papéis de Carolina e Augusto, respectivamente. O filme foi realizado ainda na fase muda do cinema nacional e, infelizmente, não foi preservado, não restando dele qualquer registro de imagem.

Cinco décadas depois, uma nova versão cinematográfica do clássico de Macedo foi coproduzida pela CBS do Brasil, Fundação Padre Anchieta, Cinedistri e Lauper Filmes. Dirigido por Glauco Mirko Laurelli e Cláudio Petraglia, o filme lançou como protagonista uma atriz que se tornaria famosa, nacional e internacionalmente: Sônia Braga. Também integraram o elenco os atores David Cardoso, no papel de Augusto, além de Nilson Condé, Claudia Mello, Roberto Orosco, Tony Penteado e Carlos Alberto Ricelli.

Nessa versão, o romance de Macedo converte-se num musical inocente, recomendado à diversão da família brasileira. Sua estreia, em 1972, no Rio de Janeiro, foi um grande sucesso. No mesmo ano, foi exibido no Cine Ipiranga, em São Paulo, onde o filme permaneceu seis semanas em cartaz; e quando distribuído nacionalmente, superou em bilheteria a produção da Disney na época, o desenho animado *Se meu fusca falasse*. Além do público, foi aplaudido também pela crítica: ganhou prêmios como Melhor Filme pela Opinião Pública (Festival de Brasília), Melhor Diretor e

Cartaz do filme e capa do DVD *A moreninha*, de 1972.

Melhor Filme (Festival do Guarujá), Melhor Música/Cláudio Petraglia e Melhor Cenografia/Flávio Phebo (Coruja de Ouro). Além disso, classificou-se entre os 12 melhores filmes do ano, pelo Instituto Nacional de Cinema. Em 2007, a Casablanca Filmes restaurou e remasterizou o filme, disponibilizando-o comercialmente, em DVD, com boa resolução de imagem e qualidade sonora.

A moreninha também foi transposta para os palcos teatrais, o que ocorreu ainda no século XIX, por iniciativa do próprio autor do romance, que adaptou o texto do primeiro espetáculo cênico baseado no livro. Cláudio Petraglia, antes de produzir a adaptação do romance no cinema, levou a comédia musical *A moreninha* para os palcos do Teatro Anchieta – SESC, em dezembro de 1968. Marília Pêra interpretou Carolina, ao lado de Perry Sales, no papel de Augusto.

Antes disso, Marília Pêra já havia representado o papel da célebre moreninha, ao lado de Cláudio Marzo, no papel de Augusto, nas telas televisivas, em 1965, em novela da Rede Globo, exibida no horário das sete horas. De autoria de Graça Melo, a novela foi um marco na teledramaturgia da emissora, por constituir a primeira experiência de gravações externas para as novelas, realizadas na Ilha de Paquetá (RJ). Para a composição da trilha sonora, Graça Melo pesquisou canções do período em que foi escrito o romance e, para o tema de abertura, compôs a *Canção do rochedo*, baseada na "Ba-

Cartaz da peça teatral *A moreninha*, com Marília Pêra e Perry Sales nos papéis principais.

lada do rochedo", cantada por Carolina no capítulo 10 do romance. Em 1975, a novela ganhou uma outra versão, agora no horário das seis horas, com Nívea Maria e Mário Cardoso nos papéis de Carolina e Augusto.

Como você pôde perceber, o romance de Macedo ultrapassou as páginas do livro e o século XIX: chegou a outras formas de arte e linguagem, comovendo e divertindo pessoas em diferentes épocas.

Elenco da novela *A moreninha*, exibida pela TV Globo em 1975.